AUTORA BESTSELLER USA TODAY
Kimberly Knight

Tudo o que eu desejo
B&S 2

Copyright© 2014 Kimberly Knight
Copyright© 2015 Editora Charme

Todos os direitos reservados.
Nenhuma parte deste livro pode ser utilizada ou reproduzida sob qualquer meio existente sem autorização por escrito dos editores.
Esta é uma obra de ficção. Nomes, personagens, lugares e acontecimentos descritos são produtos de imaginação do autor.
Qualquer semelhança com nomes, datas e acontecimentos reais é mera coincidência.

1ª Impressão 2015

Produção Editorial - Editora Charme
Capa arte © por Knight Publishing & Design, LLC e E. Marie Fotografia
Modelo masculino capa - David Santa Lucia
Modelo feminino capa - Rachael Baltes
Tradutora - Cristiane Saavedra
Revisão - Ingrid Lopes e Andrea Lopes

Este livro segue as regras da Nova Ortografia da Lingua Portuguesa.

CIP-BRASIL, CATALOGAÇÃO NA PUBLICAÇÃO
SINDICATO NACIONAL DE EDITORES DE LIVROS, RJ

Knight, Kimberly
Tudo o que eu desejo / Kimberly Knight
Série B&S - Livro 2
Editora Charme, 2015

ISBN: 978-85-68056-17-2
1. Romance Estrangeiro

CDD 813
CDU 821.111(73)3

---

www.editoracharme.com.br

Dedicatória

Para todos que leram Tudo o que eu preciso e me deram coragem para continuar escrevendo a história de Brandon & Spencer.

Capítulo Um

Sempre ouvi dizer que, quando você está prestes a morrer, sua vida passa diante dos seus olhos. Começa como um dia qualquer. Você acorda, vai trabalhar e acaba fazendo as mesmas ações do dia anterior. Só que, este determinado dia, pode não acabar do jeito que você havia planejado.

Ontem, enquanto eu estava lutando pela minha vida com a louca da ex-namorada de Brandon, Christy, o pensamento de ele me pedir para morarmos juntos jamais passou pela minha cabeça. Só conseguia ter visões em flashes dos últimos três meses que passamos juntos, desde a primeira vez que ele sorriu para mim enquanto eu corria na esteira ao seu lado, até a última vez que nos beijamos antes de ele viajar para Seattle com Jason, para assinar o contrato da nova academia.

Eu estava disposta a fazer qualquer coisa para proteger o nosso relacionamento e não existia a menor possibilidade de eu deixar Christy vencer sua tentativa desesperada de disputar Brandon comigo. Bem lá no fundo, uma parte de mim quase desejou que ela não tivesse sobrevivido à queda e à facada. De qualquer forma, por natureza, não sou uma pessoa violenta ou vingativa e nunca, de coração, poderia desejar dano físico a ela ou a qualquer outra pessoa.

Quem, em juízo perfeito, tentaria matar alguém para conseguir o ex de volta, e o que ela realmente achava que aconteceria se tivesse tido êxito? E se eu tivesse morrido e ela tivesse descartado o meu corpo como *Dexter* fazia com suas vítimas? Ela estava tão demente, selvagem e fora da realidade que acreditou que Brandon pensaria que eu o tinha abandonado sem uma palavra? Abandonado Ryan? Deixado toda a minha vida para trás? Isso não fazia o menor sentido e, sinceramente, não me pareceu que ela tinha pensado em tudo, como alegou.

Agora ficamos com um lembrete horrível do que aconteceu — está enraizado no piso de madeira de Brandon, na parte inferior da escada... escada essa que teríamos que subir todas as noites para irmos para a cama. Nos revezamos esfregando o local manchado de sangue por mais de uma hora, mas, não importa o quão duro esfregamos, ainda podíamos ver o sangue dela. Para qualquer outra pessoa, pareceria apenas uma mancha de água, isso se forçasse muito a vista. Então, quando Brandon me disse que queria vender o apartamento, compreendi completamente e sinceramente concordei. Mas, então, do nada, ele fez a pergunta que eu menos esperava e queria desesperadamente gritar "sim".

— Spencer? — Brandon voltou a falar, me tirando dos meus pensamentos.

— Sim — respondi, voltando a me concentrar no rosto dele novamente.

— Você me ouviu?

— Sim.

— Sim, você me ouviu, ou sim, você quer morar comigo? Porque, de qualquer forma, já passamos todas as noites juntos e vai demorar alguns meses ou mais para vender este apartamento, e depois comprar um novo pra *gente*.

— Sim, quero morar com você.

— Você quer? — O rosto de Brandon se iluminou quando ele abriu um sorriso de orelha a orelha.

— *Sim*! É claro que eu quero morar com você e encontrar um cantinho só nosso — respondi, me jogando em seu colo e o abraçando apertado como se ele fosse desaparecer a qualquer momento. — Mas precisamos conversar com Ryan sobre você se mudar para a minha casa, enquanto procuramos a *nossa* casa, porque, com toda certeza do mundo, não vamos morar aqui!

Eu sabia que Ryan não se importaria. Desde que ela e Max reataram, eles passavam quase todas as noites na casa dele, se ocupando com o planejamento do casamento, e com isso ela raramente parava em casa. Eu só queria lhe dar a gentileza de uma satisfação, informando-a que ficaríamos lá até que encontrássemos uma casa.

— Tá bom. Vou arrumar uma bolsa com roupas para, pelo menos, o resto do fim de semana — Brandon disse, beijando meus lábios suavemente.

Será que sou louca por querer morar com alguém depois de só estar namorando há apenas três meses? Bem, posso dizer honestamente que aconteceu mais merda no espaço desses três meses do que normalmente aconteceria na vida de alguém. E não estou só me referindo a essa coisa de "tentar não ser morta por uma louca com uma faca", mas ao forte vínculo que Brandon e eu formamos nesse curto espaço de tempo. Eu estava mais do que disposta a passar o resto da minha vida com ele, e que melhor maneira de descobrir se a nossa ligação é realmente forte do que morando juntos?

— Acho que isso significa que não preciso ir às compras neste fim de semana, né? — Fiz beicinho enquanto dobrava uma camisa para colocar na minha bolsa de lona.

— Por quê?

— Bem, agora vamos dividir um closet que é muito menor do que o seu gigantesco — eu disse, acenando na direção do closet.

— Verdade. O lado bom é que agora todas as suas roupas estarão num só lugar.

— Esse não é o único lado bom! — eu disse, batendo na bunda dele de brincadeira.

— Estou feliz que seu humor esteja melhorando, amor — ele disse, beijando levemente meus lábios quando passou por mim, indo em direção à cômoda.

— Ainda não consigo acreditar que a Christy tentou me matar.

— Eu sei... E não faço a mínima ideia do que eu teria feito se ela tivesse conseguido. Provavelmente, eu estaria em uma cela aguardando meu julgamento por assassinato.

Envolvi meus braços em Brandon e o abracei apertado, lágrimas começando a brotar em meus olhos. Num minuto, eu estava bem com o que tinha acontecido há apenas algumas horas, e, no seguinte, eu estava um desastre emocional. Ouvir Brandon dizer que mataria por mim esmagou meu coração e eu tive a certeza de que não havia nenhum outro lugar que eu preferiria estar pelo resto da minha vida.

— Venha, vamos lá conversar com a Ryan e esquecer essa merda toda por um tempo — Brandon disse, enxugando as lágrimas dos meus olhos. Desviando para o lado, ele pegou nossas bolsas com uma das mãos, e com a outra me segurou, guiando-me para a porta.

༺♡༻

— Oi, pessoal — eu disse quando entramos na minha casa.

Ryan e Max estavam descansando no sofá, assistindo TV. Brandon levou nossas bolsas para o meu quarto enquanto eu me juntava a Ryan e Max na sala de estar.

— Oi, Spence, como está se sentindo hoje? — perguntou Ryan, desviando o olhar da tela.

— Bem. Fomos ver Christy esta manhã.

— Puta merda, você foi? — Ryan disse, sentando-se onde ela tinha estado encostada, do lado de Max.

— Fui. Essa cadela é totalmente insana!

— O que aconteceu? — Max perguntou, finalmente aderindo à conversa, no momento em que Brandon retornou.

Contamos a eles o que tinha acontecido naquela manhã no hospital quando confrontamos Christy. Ryan estava tão chocada com o ultrassom falso quanto eu fiquei. Quem, em juízo perfeito, falsificaria um ultrassom? Max, sendo advogado, informou que o próximo passo no processo seria o promotor entrar em contato comigo para conseguir mais informações sobre o incidente. Eu só queria que tudo aquilo acabasse e nunca mais tivesse que ver a Christy novamente.

— Então, Ry... Se estiver tudo bem pra você, Brandon vai se mudar para cá, até que ele consiga vender o apartamento.

— Claro, Spence, ele é bem-vindo para ficar o tempo que precisar. Imagino que você não queira ficar no apartamento dele depois do que aconteceu lá.

— É... limpamos o chão por mais de uma hora, mas não conseguimos tirar todo o sangue do piso de madeira.

— Sinto muito. Isso é horrível.

— Tem certeza de que realmente não tem problema, Ryan? Eu não quero atrapalhar — Brandon disse.

— Sim, claro. Na verdade... Max e eu estivemos conversando e acho que vou morar com ele antes do casamento. Já fico lá a maior parte do tempo mesmo — ela falou, enquanto se sentava mais reta no sofá.

— Uau, isso é ótimo! Quando você planeja se mudar? — perguntei.

— Acho que, oficialmente, depois do Ano Novo, mas provavelmente vou ficar lá quase todas as noites, para dar a vocês um pouco mais de privacidade. Não é nada demais.

Comecei a me dar conta que os oito anos que moramos juntas, como companheiras de casa, estavam chegando ao fim.

Desde o nosso segundo ano na Universidade do Sul da Califórnia, Ryan era a única pessoa com quem eu já morei, além da minha família. Agora, eu ia morar com um homem antes do casamento.

Sempre ouvi dizer que você deve tentar experimentar morar com alguém antes de se casar com ele, para ver se são realmente capazes de viver juntos sem se matarem. Meus pais fizeram isso e acredito que essa seja uma das razões pelas quais eles estão juntos até hoje.

Alguns minutos depois, meu celular tocou. Era o oficial que ouviu meu depoimento na noite anterior. Ele precisava que eu fosse até a delegacia para um interrogatório formal, a ser gravado, para que pudessem dar queixa formalmente contra Christy por invasão de domicílio e tentativa de homicídio.

Brandon me levou até a delegacia naquela tarde. O responsável pela investigação me disse que Christy ainda estava bastante machucada e confusa, em decorrência da queda e da cirurgia, a qual teve que se submeter por causa da facada. Aparentemente, ela perfurou o fígado e permaneceria no hospital por mais alguns dias — tempo suficiente para a polícia se organizar e investigar. Eu realmente não queria relembrar o incidente, mas sabia que era necessário. Depois de uma hora e meia recontando os acontecimentos, Brandon e eu fomos até a *Macy's*, na Union Square, para arejar a cabeça.

A *loja* ocupa um quarteirão inteiro. Embora eu quisesse enlouquecer e comprar tudo o que via, tive que me lembrar de que, pelos próximos meses, meu pequeno closet precisaria ser suficiente para as minhas roupas e as do Brandon.

— Bem, tudo o que eu realmente preciso é de outro belo vestido para não continuar usando sempre o mesmo — eu disse a Brandon enquanto subíamos a escada rolante para o departamento feminino.

— O que você quiser, amor.

— Tem certeza de que quer fazer isso? A maioria dos homens parece odiar compras.

— Claro que tenho, só quero ficar com você, não importa onde.

— Está bem, só não quero ouvir nenhuma reclamação — falei e mostrei a língua para ele.

— E se eu reclamar? — Brandon perguntou, sorrindo pretensiosamente.

— Então... Então... merda, não sei, não... Não me olha assim que me deixa louca e não consigo pensar direito.

— Humm. Te levo a uma loucura boa ou ruim?

— Boa — respondi corando, tentei golpear seu braço, mas ele agarrou meu pulso no ar e me puxou para um beijo rápido.

Enquanto passeávamos pela *Macy's*, resolvi procurar um vestido especialmente para a festa de Natal da minha empresa, que era o próximo grande evento que eu precisava ir.

Escolhi alguns vestidos e disse a Brandon que ia até o provador experimentá-los. O primeiro vestido era um champanhe metálico com saia rodada. Brandon disse que gostou, mas não senti firmeza. O próximo que experimentei era um vestido sem mangas de cetim cinza, enfeitado com lantejoulas grafite. Brandon gostou também, mas não achei muito a minha cara.

Finalmente, experimentei o último vestido. Era um modelo tomara-que-caia feito de renda marfim com desenhos em formato de rosas e plissado na frente, que começava na cintura e ia até embaixo. Ele era destacado por um cinto creme removível. *Acho que é esse.* Saí para mostrar a Brandon. Assim que me olhou e seu rosto se iluminou, eu soube na hora que tinha encontrado "o" vestido.

— Gostou? — perguntei, dando uma voltinha para ele ver a parte de trás.

— Gostei. E muito! — Brandon se levantou e caminhou até mim.

— Sim, acho que é esse.

— Preciso de mais do que uma voltinha para me convencer.

— O quê?

Ele agarrou minha mão, me levou de volta para o provador e trancou a porta.

— O que você está fazendo? — sussurrei.

Sem responder, ele me virou e me empurrou no espelho do provador. Minhas mãos bateram no espelho para me apoiar quando eu senti a dura ereção de Brandon na minha bunda. Ele moveu meu cabelo para o lado e beijou meu pescoço, descendo até o ombro, fazendo arrepiar os pelinhos da minha nuca.

— Amor, estamos num provador público — ofeguei em um sussurro.

— Shh — ele disse, enquanto continuava beijando meu pescoço e ombro. Sua mão foi até a lateral do meu corpo e, então, lentamente começou a deslizar o vestido pela minha coxa, centímetro por centímetro.

— Amor... — eu disse em advertência.

— Shh.

Sua mão deslizou para cima, pela minha coxa nua, e minha respiração travou quando a senti deslizar, lentamente, para a calcinha.

— Meu Deus! — gemi baixinho.

Brandon mordeu levemente o lóbulo da minha orelha direita, assim que começou a provocar meu clitóris com um de seus dedos. Apoiei-me com um braço no espelho, descansando a cabeça em seu peito, enquanto com a outra mão alcancei e acariciei o cabelo macio da parte de trás do seu pescoço. Seu dedo deslizou pela minha umidade escorregadia antes de afundar em mim. Levantei a perna sobre o banco, querendo mais. É mais forte que eu —

Brandon desperta meu lado exibicionista. Bastava um toque dele e eu esquecia tudo ao meu redor.

— Não consigo manter as mãos longe quando você usa vestido — sussurrou no meu ouvido, fazendo meu corpo estremecer quando sua respiração tocou minha pele.

— Uh-huh — murmurei. Mal conseguia falar por causa do intenso prazer que invadia meu corpo, embora estivéssemos em um provador público no meio do dia. Eu estava apavorada e excitada com a ideia de que poderíamos ser pegos a qualquer momento.

Ele continuou fazendo círculos em volta do meu clitóris dolorido com um dedo, enquanto os outros se moviam ritmicamente dentro da minha boceta cada vez mais e mais. Seu pênis duro continuava pressionando a minha bunda.

Levantei a cabeça de seu peito e dei um passo, então deslizei a mão até a sua ereção e a esfreguei através do seus jeans.

— Não comece algo que você não pode terminar — ele disse sussurrando no meu ouvido novamente.

Oi? O sujo falando do mal lavado! Continuei acariciando-o, mesmo quando meu corpo foi puxado para mais perto de sua ereção. Eu planejava chegar ao fim com ele — eu precisava. Ele enfiou a mão na parte superior do vestido, os dedos facilmente deslizando sob o tecido sedoso do meu sutiã. Então, começou a acariciar meu seio direito e rolar o mamilo já endurecido entre os dedos, fazendo meu corpo todo entrar em extrema excitação. Gozei em seu dedo, meu ventre se contraindo conforme o clímax me dominava.

Ficamos ali, por um momento, enquanto a minha respiração acalmava. Então, Brandon lentamente retirou a mão da minha calcinha. Ouvimos a porta do provador ao lado fechar quando alguém entrou. Foi indescritível o que tínhamos acabado de fazer em um provador público. Foi emocionante e um pouco perigoso, e me senti maravilhosamente viva, mas não completamente satisfeita. Virei-me e comecei a abrir seu cinto.

Ele segurou minhas mãos por um instante e ergueu uma sobrancelha, acenando com a cabeça na direção do provador ao lado. Sorri maliciosamente e levei um dedo aos meus lábios, em seguida, rapidamente desafivelei seu cinto e desabotoei a calça jeans. Deslizei o zíper para baixo o suficiente para alcançá-lo, então agarrei seu comprimento, fazendo-o se contrair em resposta. Brandon se sentou no banco, sua ereção crescendo cada vez mais enquanto eu deslizava a mão para cima e para baixo, explorando-o.

Vi uma gota de pré-gozo brilhar, refletida pelas luzes fluorescentes acima. Ajoelhei-me e comecei a lamber a ponta, me deliciando com aquele manjar dos deuses. Ouvimos a mulher sair do provador ao lado e quase ri de alívio. Ele inspirou profundamente quando comecei a girar a língua ao redor da cabeça. Então, agarrou a parte de trás do meu rabo de cavalo e guiou minha cabeça enquanto subia e descia, sugando-o mais e mais. Levei-o cada vez mais fundo na minha garganta até que seu corpo retesou e ligeiramente se agitou, quando jorrou seu sêmen quente no fundo da minha garganta. Ele grunhiu levemente com os dentes cerrados quando gozou, seus olhos fechados, lutando para não gemer de prazer.

— Uau... Acho que vou comprar esse vestido — eu disse toda risonha quando me levantei.

⚘

Depois da nossa aventura durante as compras, Brandon e eu pegamos o elevador até o último andar da *Macy's*, para um almoço tardio no *The Cheesecake Factory*. Depois de um dia agitado e da intensa experiência, queríamos ver a gigante árvore de Natal à noite.

A comida estava deliciosa, nosso garçom foi muito atencioso e divertido e a vista era espetacular. No final de tudo, a noite foi perfeita. Depois de dividirmos um incrível pedaço de cheesecake de doce de leite, estávamos saciados e com uma necessidade desesperada de perder algumas calorias. Brandon me convenceu a ir patinar no gelo com ele, então fomos até a pista, que fica junto à árvore de Natal iluminada.

Consegui rodar pela pista duas vezes antes de escorregar e cair de bunda com um grito de dor. Fiz careta e ri enquanto Brandon tentava me ajudar a levantar, sem cair no gelo comigo. Quando finalmente consegui ficar de pé, lentamente me agarrei nos braços fortes de Brandon para me ajudar a me firmar.

Um jovem com uma câmera patinou até nós e, em seguida, nos perguntou se gostaríamos de uma foto por apenas quinze dólares. Quando eu estava prestes a balançar a cabeça dizendo "não, obrigada", Brandon concordou, pegando na carteira uma nota de vinte dólares.

— Fique com o troco — ele disse; o cara sorriu e assentiu em agradecimento.

— Vamos lá, se aproximem um pouco mais e agora coloque seu braço em volta dela — ele nos instruiu antes de tirar a foto.

Assim que ele tirou a foto e a imprimiu em seu dispositivo móvel, pegou na mochila um porta-retrato de papelão enfeitado com árvores de Natal e duendes. Depois, entregou-o a Brandon, acenou com a cabeça e nos desejou um Feliz Natal, já patinando em direção ao próximo casal. Eles não tinham nenhum problema em manter o equilíbrio, e a menina ainda estava patinando para trás enquanto enfrentava seu parceiro, com suas mãos unidas e caminhando ao redor da pista.

— Por mais divertido que esteja sendo, estarei dolorida amanhã; você se importa se formos embora agora? — Olhei para Brandon, implorando, e lhe dei o meu maior sorriso cativante. Rindo, ele concordou e estendeu a mão até a minha cintura, para me ajudar até a beira da pista.

— Sem problema. Podemos ir agora para casa e eu posso te deixar dolorida de uma forma mais agradável.

Eu não conseguia conter a avalanche de felicidade e alívio que estava experimentando nessa nossa noite perfeita. Se fosse me beliscar para me certificar de que eu não estava sonhando, ficaria toda roxa, de tanto que estava me beliscando ultimamente.

— Esse pode ser o nosso primeiro cartão de Natal juntos — eu disse quando sentei no banco para retirar os patins. Quanto mais cedo meus pés estivessem de volta em terra firme novamente, melhor.

Brandon pegou a foto da minha mão e fingiu examinar atentamente.

— Não sei, não. Acho que esse suéter me faz parecer gordo.

Ri alto e revirei os olhos para ele.

— Mesmo assim, se você não está pronto para isso, é só dizer.

Ele se inclinou para me beijar levemente nos lábios e tocou suavemente o meu nariz com a foto.

— Eu só estava brincando, amor. Vamos fazer.

Capítulo Dois

Ryan: Já comprou seu vestido de Réveillon?

Eu: Merda, não!

Ryan: Quer ir antes ou depois de voltar do Texas?

Eu: Vamos depois. Estou tratando as coisas com a promotoria.

Ryan: Argh, isso não é divertido. Saudades!

Eu: Eu sei, estou com saudades também! Precisamos de uma noite só de garotas antes de eu viajar para o Texas.

Ryan: Quarta? Max vai trabalhar até tarde a semana toda. B ainda joga pôquer?

Eu: Joga. MoMo's?

Ryan: Combinado!

⁂

— Amor, você viu as minhas chaves? — Brandon perguntou quando voltou ao banheiro.

— Hum... não.

— Merda, não consigo encontrá-las — ele disse, dando meia volta e saindo.

— Onde você as viu pela última vez?

— Não lembro, mas, se não as encontrar, você vai se atrasar para o trabalho.

Parei de arrumar o cabelo e revistamos a casa atrás das chaves. Brandon me levava para o trabalho todos os dias, agora, uma rotina gratificante que eu gostava muito. Ainda ia de ônibus do trabalho até a academia para encontrá-lo para malharmos à noite, e depois voltávamos juntos para casa.

— Encontrei — eu gritei.

— Onde estavam? — Brandon caminhou de volta para o quarto.

— No jeans que você usou ontem — eu disse, jogando as chaves para ele e recolocando a calça de volta no cesto de roupa suja.

Se não fossem as chaves, era a carteira. Se não fosse a carteira, eram os óculos de sol. Se não fossem os óculos de sol, era o celular. Isso foi o que aprendi morando com Brandon há apenas algumas semanas. Juro que todos os homens deveriam usar bolsa ou, como se diz hoje em dia, "bolsa masculina".

— O que eu faria sem você?

— Iria a pé para o trabalho? — eu disse e mostrei a língua para ele.

⁂

— Oi, Ari, você viu o Brandon? — perguntei quando cheguei à academia para a nossa massagem semanal. Normalmente, Brandon me esperava na porta e então íamos juntos para o SPA.

Hoje, quando cheguei à academia, ele não estava esperando por mim. Talvez tivesse ido na frente para o SPA.

— Sinto muito, Srta. Marshall. Não o vi passar por aqui. Pensando bem, acho que não o vi entrar aqui o dia todo.

— Nós ainda estamos agendados para às seis, né?

— Sim, no quarto de casal, como de costume — ela disse enquanto olhava para o computador, parecendo verificar a agenda.

— Ok, obrigada, Ari. Se ele aparecer, por favor, diga para me ligar.

Virei-me para sair, pensando em primeiro verificar o escritório de Brandon. Havia apenas alguns lugares que ele poderia estar. Eu só tinha ido até o escritório dele algumas vezes, já que ele sempre me encontrava na porta da frente da academia. Isso não era o normal dele. Comecei a subir as escadas que levavam aos escritórios de Brandon e Jason. Havia uma sala de estar para os funcionários e também vestiários no andar de cima.

Assim que cheguei ao topo das escadas, vi Brandon sentado no escritório com as persianas abertas. Ele não estava sozinho, o que me fez parar. *Eu realmente deveria parar de ir aos escritórios dos meus namorados sem aviso prévio.* Senti uma sensação de vazio no estômago quando os vi através da janela.

Brandon estava recostado na cadeira com os braços cruzados, enquanto uma loira bronzeada de cabelos longos, vestindo um top cor-de-rosa e uma calça preta apertada de ioga se inclinava à frente de sua mesa. *Por que parece que, sempre que eu apareço no escritório de um namorado, estou condenada a uma decepção?* Quando vi o Trav*idiota* comendo a secretária em cima da mesa, pensei que meu mundo estava desmoronando. Eu era tão azarada que teria a mesma decepção outra vez?

Permaneci imóvel no lugar por uns instantes, apenas observando. Sem saber o que fazer. Talvez fosse apenas uma cliente e eles estavam conversando sobre coisas da academia. Quer dizer, não parecia que estava acontecendo qualquer flerte — e então, a loira jogou o cabelo por cima do ombro e inclinou o peito mais perto do rosto dele. De qualquer ponto de vista feminino, ela estava flertando descaradamente.

Meu corpo tensionou instantaneamente. Como Brandon iria reagir? Sim, muitas mulheres o olham e constantemente lhe dão olhares sedutores. Algumas ainda tinham a coragem de flertar com ele na minha cara quando saíamos juntos, mas nunca o vi corresponder e nem fiquei à distância o observando flertar. Senti minha frequência cardíaca disparar e as palmas das mãos começarem a suar. Sentindo-me esquentar, olhei para meu peito e vi que ele estava vermelho brilhante.

Em seguida, Brandon olhou para o relógio e para fora da janela, direto para onde eu estava.

Este era o momento da verdade. Ele ia agir como se estivesse em pânico e começar a se afastar para dar desculpas e encobrir o flagra? Lembrei-me de que ele não a tocou, o que me deu esperança de tudo isso ser apenas um grande mal-entendido da minha cabeça.

Quando nossos olhares se encontraram, um sorriso apareceu em seu rosto. Alívio me inundou, o que me fez sorrir instantaneamente em troca. Quando a loira virou a cabeça para ver para onde ele estava olhando, percebi quem era: Sra. Robinson. Uau, essa "Puma" não desiste, não é? Brandon fez sinal para eu entrar e rapidamente comecei a andar até o escritório para fazer minha reivindicação.

Através das persianas, vi Brandon se levantar e caminhar

em direção à porta. Ele a abriu assim que cheguei, estendeu o braço e pegou minha mão direita, entrelaçando nossos dedos bem apertados.

— Teresa, lembra-se da minha namorada, Spencer?

— Lembro... Como me esqueceria? Spencer, que bom te ver novamente — ela disse com uma pitada de sarcasmo na voz.

— O prazer é meu — eu disse com a voz mais doce possível, sorrindo com os olhos semicerrados. — Desculpe interromper, mas temos o nosso compromisso das seis... — disse ao me virar para Brandon.

— É verdade. Teresa, peço desculpa, mas Spencer e eu temos um compromisso importante agora — Brandon disse com firmeza, já quase saindo pela porta, comigo a reboque.

— Tudo bem, me avise se você mudar de ideia — ela disse e estendeu a mão, esfregando o braço de Brandon quando passou por ele. Qual o problema dessa mulher? Ela tem o péssimo hábito de sempre tocar meu namorado.

— Eu não vou — Brandon disse com firmeza.

— Bem, a oferta continua de pé, caso as coisas mudem — ela falou e voltou a caminhar pelo corredor.

— Mais uma vez, Teresa, a resposta é não. Tenha uma boa noite.

A Sra. Robinson caminhou pelo corredor agitando um pouco demais os quadris. *Fala sério, minha senhora? Você parece mais uma vovó. Tá bom, nem tão velha assim, mas, pelo amor de Deus, encontre outra pessoa para dar em cima daqui pra frente.*

— O que ela quer desta vez? — perguntei enquanto Brandon

apagava as luzes do escritório e fechava a porta.

— Ela fará uma festa de Réveillon na casa dela e convidou a mim e a alguns funcionários, principalmente os rapazes.

— Isso não me surpreende — murmurei.

— O quê?

— Oh... nada.

— De qualquer forma, eu disse a ela que nós vamos a Seattle para a inauguração da academia e por isso não poderíamos ir.

— Nós?

— Claro, nós. Eu não iria sem você, amor — ele disse, beijando o topo da minha cabeça.

— Que bom — disse, sorrindo. — Eu não iria de qualquer maneira, pois não compartilho.

— Confie em mim, você nem precisa se preocupar com isso.

— Acho bom! Não gostaria de ter que chutar o traseiro da vovó — eu disse, brincando.

— Vamos lá, bobinha — ele disse enquanto me guiava em direção ao SPA. Juro que o ouvi sussurrar "vovó" baixinho, enquanto ria e balançava a cabeça.

❦♡❦

— Um brinde a nós. — Brindei com Ryan e Becca.

Convenci Becca a ir junto comigo e Ryan ao *MoMo's* na quarta-feira, enquanto Brandon e Jason jogavam seu pôquer semanal deles. Após o alarme falso, acusado por um teste de gravidez de farmácia, Becca e Jason decidiram esperar até depois do Ano Novo para ela tentar engravidar. Nossos homens tinham estado muito ocupados naquelas últimas semanas com os preparativos da grande inauguração da academia de Seattle. Então, para evitar estresses desnecessários, eles resolveram esperar.

— Mal posso esperar para ver a nova academia e festejar com todos os meus amigos — eu disse, continuando o brinde.

Não éramos só nós quatro que íamos a Seattle para a inauguração e para a festa de Réveillon, Ryan e Max iam também.

— Isso vai ser épico! — Ryan gritou.

O hotel que nos hospedaríamos naquele fim de semana em Seattle estava realizando uma enorme festa de Réveillon no último andar, com vista para a cidade. Ryan, Becca e eu tínhamos acabado de sair da *Nordstrom*, onde cada uma escolheu seu vestido para a grande festa.

Becca encontrou um vestido azul royal que tinha uma só alça drapeada no ombro esquerdo e que ia até um pouco acima dos joelhos. A alça era revestida com pedras de safira que, com certeza, brilhariam na pista de dança. Ryan escolheu um vestido preto, no qual a saia era plissada e com listras finas entrelaçadas na parte de baixo. Quando ela se virava, se via um decote em v, parando no meio das costas. Consegui encontrar um deslumbrante vestido de tule cinza justo, com lantejoulas douradas envolvendo o corpete tomara-que-caia, e uma saia delicada amarrada com uma fita de cetim brilhante.

— Então, o que está rolando agora com a maluca de merda da Christy? — Becca perguntou antes de colocar um pedaço de lula na boca.

— Da última vez que falei com o promotor, ele me disse que

ela admitiu ter um cúmplice.

Christy estava cumprindo pena no presídio municipal há quase um mês. Eu tinha me encontrado com o promotor para falar sobre os fatos que aconteceram naquele dia horrível. O promotor me contou que Christy admitiu ter tentando me matar e pretendia alegar insanidade. Ela também confessou que planejava me matar desde o dia em que forjou o ultrassom.

Ele não disse o nome da pessoa que ela tinha admitido ser seu cúmplice, mas que estavam investigando. O advogado dela estava tentando um acordo fora dos tribunais para levá-la para um hospital psiquiátrico ao invés de deixar a decisão nas mãos do júri. Eu sabia que ela era louca, mas não a ponto de ser colocada num hospício. Ela precisava pagar pelo que causou ao Brandon, mas principalmente a mim.

— Nossa, quem será? — Becca perguntou.

— Ele não quis me dizer — respondi, tomando um gole do meu *cosmopolitan*.

— Será que prenderam alguém? — Ryan aderiu à conversa.

— Não que eu saiba. Como eu disse, ele não quis me dizer quem é. Não vi outra pessoa enquanto tudo estava acontecendo. Quero dizer, sim, ela disse "trouxe ajuda", mas tudo aconteceu muito rápido e não vi mais ninguém.

— Sinto muito, Spencer. Se eu soubesse que ela era louca, teria dito alguma coisa — Becca disse. — Ela sempre foi legal comigo. Nunca dei importância a ela e achava que ela e Brandon não tinham nada a ver, mas nunca me passou pela cabeça que ela tentaria matar alguém.

— Eu sei, Brandon se desculpou várias vezes — eu disse,

comendo um pedaço de lula. — Ninguém sabia que ela era louca. Graças a Deus, não estava grávida de verdade — eu disse, rindo, em uma tentativa de tornar o assunto mais leve.

— Oh, meu Deus, imagina se ela estivesse? A pobre criança teria sido uma bagunça — Ryan disse e, em seguida, tomou um gole do *cosmopolitan*.

— Brandon tem a cabeça no lugar e os pais dele são pessoas muito boas — disse Becca. — Eu os conheço há quase tanto tempo quanto conheço Brandon, e eles com certeza criariam o bebê de forma correta.

— Bem, graças a Deus, não temos que lidar com isso.

Desde o dia em que Christy tentou me matar, agradeço a Deus todos os dias, não só por estar viva, mas também pelo fato de ela ter realmente fingido a gravidez. Sinceramente, acho que, no final, Christy teria vencido e nos separado. Mesmo que eu ame Brandon com todo o meu coração, ter que lidar com ela constantemente por causa da criança, provavelmente terminaria com o nosso relacionamento. Eu só queria colocar um ponto final em tudo isso e seguir em frente.

Brandon e eu íamos para a casa da família dele no Texas, passar o Natal, e depois para Seattle, para o Réveillon. Ryan e Max iam se casar no ano seguinte e eu sabia que, no fundo, tudo aconteceria como era previsto.

Capítulo Três

Luzes brancas piscavam na árvore de Natal no hall de entrada dos escritórios BKJB quando chegamos para a primeira festividade anual da minha empresa. Eu estava usando o vestido tomara-que-caia de renda marfim que comprei na *Macy's*, algumas semanas antes, e Brandon estava de calça jeans escura e uma camisa preta listrada de botão. Este visual, em particular, me fazia lembrar de Vegas e da nossa primeira dança. Eu amava aquela camisa preta.

Vi algumas das minhas colegas de trabalho mais próximas reunidas perto do bar. Brandon e eu fomos até lá para que eu o apresentasse à minha "outra" família.

Bel era uma pequena espoleta hondurenha e muito paqueradora. Ela nunca foi tímida para se aproximar de um homem. Com cabelo e olhos castanho-escuros e dedicação ao esporte, os caras não resistiam a ela.

Bel e Carroll quase sempre saíam juntas depois do trabalho e, nas noites de sábado, normalmente você as encontraria em bares ou boates se divertindo. Carroll era loira de olhos azuis e tinha lábios volumosos, o que sempre atraía os homens. Todas as vezes que saí com elas, ela arrumava um. E também tinha sotaque nova-iorquino, o que chamava muito a atenção dos rapazes californianos.

— Oi, meninas, Feliz Natal. Vocês estão maravilhosas!

— Feliz Natal pra você também, Spencer — Sue disse toda entusiasmada. — E quem é esse com você? — Ela estendeu a mão para Brandon e lhe deu um aperto cordial.

Sue era australiana. Ela se mudou para São Francisco há alguns anos, mas ainda tinha sotaque. E eu ainda estava me acostumando com ele. Ela era a mais engraçada do nosso grupo, rápida com respostas espirituosas e sempre nos fazendo rir.

— Este é o meu namorado, Brandon — respondi, abrindo o maior sorriso orgulhoso. Brandon acenou e apertou a mão de cada uma, dando-lhes o seu famoso sorriso "derrete calcinha".

Todas as mulheres o avaliaram e, muito provavelmente, o despiram com os olhos. Acho que vi até a Bel babar um pouco.

— Brandon, estas são: Bel, Amanda, Sue e Carroll — falei, fazendo as apresentações.

— Prazer, meninas.

— Até que enfim te conhecemos, Brandon. Spencer fala muito de você — Amanda disse.

Amanda era uma das pessoas mais doces que já conheci. Durante o meu calvário com o Trav*idiota*, ela me trazia café todas as manhãs só para me animar. Ela foi a principal razão pela qual eu tive forças para continuar indo para o trabalho, em vez de ficar em casa "doente", enchendo a cara de sorvete de chocolate com menta o dia todo, enquanto assistia TV. Claro que, depois do trabalho, eu ainda ia para casa e enchia a cara de sorvete.

— Espero que só coisas boas — Brandon disse provocando, e, discretamente, beliscou minha bunda e sorriu.

— Mesmo que eu tivesse dito coisas ruins, elas jamais te diriam — retruquei, rindo. — Licença. Daqui a pouco a gente volta, preciso de uma bebida e bem rápido. — Nos afastamos do grupo e puxei Brandon em direção ao bar.

Caminhamos até o bar e pedimos para mim uma taça de *Chardonnay* e para Brandon uma cerveja *Bud Light*, que eram cortesia da festa. Ao olhar pelo salão, me dei conta de que o nosso escritório começou como uma pequena empresa e fomos crescendo dia a dia. O nosso website tinha decolado e tivemos que contratar várias pessoas só para atualizar nossa página no facebook e no twitter, diariamente.

Bel e Carroll supervisionam a conta do twitter e Amanda e Sue trabalham em manter a página do facebook atualizada. E, já que eu estava namorando um personal trainer e proprietário de uma academia, minha chefe me deu novas responsabilidades, que eu começaria no início do próximo ano. Skye agora me deixava escrever meus próprios artigos mensais sobre as novas rotinas de exercícios. Durante a semana, eu gostava de dar aos departamentos do facebook e twitter um novo movimento para postar diariamente, e, então, no final do mês, escrevia um artigo que combinava com cada movimento da nossa newsletter online.

Skye me deu liberdade para eu escrever o que quisesse. Se quisesse falar de natação, podia. Se quisesse falar de kickboxing, podia também. Brandon ficou animado por me ajudar na academia à noite; gostávamos de repassar sobre o que eu falaria no dia seguinte.

Com as nossas bebidas na mão, voltamos para as minhas amigas.

— Você trabalha amanhã, Bel? — perguntei quando nos aproximamos.

— Sim, quer fazer o almoço?

— Parece bom.

Sue ia viajar para a Austrália para passar as férias, Amanda ia voltar para Utah e Carroll ia para Nova York. O escritório com certeza ficaria deserto e com algumas pessoas de ressaca.

Brandon e eu só íamos viajar para Houston no sábado, mas eu estava realmente ansiosa por essa viagem. De presente de Natal para Brandon, comprei ingressos para o jogo do Dallas *Cowboys*, no domingo. Combinei com Aimee de ela e Robert virem junto com Blake e a namorada.

Sentamos numa mesa livre e continuamos a socializar com minhas amigas enquanto saboreávamos alguns dos deliciosos petiscos que foram servidos. Adorei ter Brandon ao meu lado rindo, brincando e se divertindo, deixando minhas amigas à vontade. Se elas ainda não estavam completamente apaixonadas por ele, eu sabia que até o final da noite estariam.

— Vou pegar outra cerveja. As moças querem alguma coisa? — Brandon perguntou.

Nós todas dissemos que sim, que precisávamos reabastecer o vinho. Comecei a me levantar para ir com ele para ajudar a trazer as bebidas, mas Carroll se antecipou.

— Eu vou com você, Brandon, não dá pra carregar tudo sozinho.

— Pode deixar, vou com ele — eu disse.

— Não tem problema, Spence, eu já ia mesmo naquela direção. Fique aí quietinha e relaxa que já voltamos — Carroll afirmou com uma piscadinha.

— Tá bom, já estou relaxada. E, por favor, uma taça de *Chardonnay*. Obrigada!

— Você a terá, meu amor — Brandon disse e beijou minha bochecha.

Assim que Brandon e Carroll saíram, vi um dos novos consultores de fitness se aproximando da nossa mesa. Acyn era um cara legal e simpático, mas era também muito mulherengo e já tinha flertado com quase todo o escritório.

— Oi, Spencer. Meninas — Acyn cumprimentou com seu sotaque sulista assim que se aproximou da mesa.

— Oi, Acyn, tudo bem? — perguntei quando ele se sentou na cadeira de Brandon, ao meu lado.

— Melhor agora — ele respondeu com uma piscadinha.

— Acyn, você está muito bonito hoje — Bel disse toda sedutora.

— Obrigado, Bel. Meninas, preciso dizer que vocês todas estão lindas. Adorei o vestido, Spencer — Acyn disse se inclinando para mim e piscando, tocando suavemente seu ombro no meu.

— Obrigada — falei educadamente e me afastei dele.

Alguns segundos depois, Brandon e Carroll voltaram com as nossas bebidas.

— Oh, Acyn, me desculpe, não sabia que estava aqui. Se soubesse, teria trazido uma cerveja para você também — disse Carroll.

— Não faz mal, na verdade, acabei de chegar — Acyn disse, olhando atentamente para Brandon.

Brandon o encarou de forma igual e deu um curto sorriso.

— Desculpe, cara, mas se você não se importa? — Ele acenou para onde Acyn estava sentado, indicando que ele tinha pego seu lugar.

Tudo o que eu desejo 33

Rapidamente, elevei a voz.

— Acyn, este é o meu namorado, Brandon. Brandon, este é Acyn. Ele é um dos nossos novos consultores de fitness.

Apesar de Brandon malhar quase todos os dias, Acyn era um pouco mais volumoso do que ele. Ele tinha penetrantes olhos azuis e cabelo castanho cor de chocolate como o de Brandon. E Brandon era uns poucos centímetros mais alto do que Acyn, mas ambos tinham sorrisos de matar, o que garantia deixar qualquer mulher com a calcinha molhada.

— Prazer te conhecer — Brandon disse, estendendo a mão para cumprimentar Acyn.

Vi confusão nos olhos de Acyn, que vagavam entre mim e Brandon. Nunca disse a ele que tinha namorado e ele nunca perguntou. Ele flertava com todas no escritório, então nunca o levei a sério. Enquanto observava sua reação a Brandon, caiu a ficha de que eu o tinha interpretado errado, pensando que seu flerte era casual.

— Prazer, cara, você tem uma ótima garota. Desculpe por ter pego o seu lugar — disse ele, se levantando e deixando a cadeira livre para Brandon.

— Eu sei que tenho — Brandon disse, jogando o braço sobre o meu ombro quando se sentou e beijou minha bochecha. — Ela é a melhor.

Acyn se sentou ao lado da Sue, que era bem em frente a mim. Enquanto conversávamos sobre nossos planos para as férias, peguei várias vezes Acyn me olhando. Com certeza, Brandon reparou também, porque casualmente apertava minha perna a cada olhada. Eu estava começando a me sentir desconfortável quando Brandon se inclinou e sussurrou no meu ouvido.

— Então, amor, ainda não vi o seu escritório.

— Oh, é verdade. Gostaria de um tour com uma guia particular? — sussurrei de volta, sorrindo e piscando maliciosamente para ele.

— Faça as honras, amor.

— Com licença — disse para a mesa cheia.

Peguei a mão de Brandon, entrelaçando nossos dedos e o levei em direção aos elevadores. Quando paramos na porta do elevador, apertei o botão e olhei para o rosto de Brandon.

— O que houve? — perguntei ao notá-lo um pouco nervoso.

— Não é nada. Desculpe... É que nunca vi alguém flertar com você antes. Me incomodou.

Não respondi de imediato. Olhei para ele e mordi o lábio, sorrindo. Jamais me cansaria dele, então vê-lo enciumado por algo tão bobo foi um pouco decepcionante. Passei os últimos três meses e meio assistindo mulheres flertando sem parar com ele. Na verdade, até pensei, por um breve momento, que talvez Acyn flertando comigo fosse uma coisa boa, mostraria a Brandon que eu estava exposta.

— Amor, você não tem com o que se preocupar. Sou sua — eu disse. Quando as portas do elevador se abriram, puxei-o para dentro com as mãos ainda entrelaçadas. Assim que me virei para ficar de frente, no elevador, vi Acyn nos observando. Rapidamente, apertei o botão do quinto andar e depois recuei para o lado de Brandon.

— Você é minha? — ele perguntou, se virando e ficando de frente para mim, seu rosto a centímetros do meu, assim que as portas se fecharam.

— Sou — sussurrei, olhando em seus olhos castanhos, o que fez meu coração bater mais rápido e meu estômago vibrar na expectativa do seu toque.

Brandon estendeu as mãos até as minhas, pressionando minhas costas contra a parede do elevador, e segurou meus braços acima da cabeça, reivindicando minha boca.

— Minha — murmurou em meus lábios.

— Sua.

Nossas bocas se fundiram num beijo apaixonado durante o trajeto até o quinto andar. Brandon pressionou o corpo no meu, prendendo-me à parede, sua ereção pressionada em meu baixo ventre. A campainha do elevador e a abertura das portas me trouxeram de volta à realidade.

— Vamos, vou te mostrar meu escritório — eu disse, interrompendo nosso beijo e parando ao lado dele. Estendi a mão e ele a pegou, entrelaçando nossos dedos novamente.

— Não sei como consegui me segurar por tanto tempo com você usando esse vestido.

— Acho que fiz uma boa compra, então — disse com um sorriso presunçoso. — Por aqui — anunciei, conforme caminhávamos pelo corredor mal iluminado até o meu escritório. — Meu lar longe de casa.

A empresa, *Better Keep Jogging Baby*, ficava localizada no centro de São Francisco. Meu escritório era pequeno, mas tinha uma boa visão da ponte e da baía ao longe, o que era um enorme privilégio. Minha mesa era impecavelmente organizada, com pouca papelada ou qualquer bagunça, tendo em vista que a maior parte do meu trabalho era feita via e-mail.

Eu tinha algumas fotografias emolduradas penduradas na parede, uma delas um presente recente de Becca.

Era a imagem de um campo no Texas repleto de flores azuis, que ela tinha fotografado antes de se mudar de Austin para São Francisco e atualmente estava pendurada na parede ao lado da minha porta. Toda vez que eu olhava para a foto me lembrava de Brandon e de suas raízes.

— Então, este é o lugar onde você passa a maior parte do dia? — Brandon perguntou, assim que entramos no escritório e eu acendi a luz fluorescente, momentaneamente nos cegando. Rapidamente a desliguei, mas, mesmo assim, o escritório continuava iluminado pelas luzes da cidade e pela meia-lua que brilhava no céu, na noite de dezembro.

— Exatamente. Aqui é o lugar onde sou escravizada quarenta horas por semana — eu disse, rindo.

— Você pensa em mim durante o dia?

— O quê? Claro. Penso em você a maior parte do tempo.

— Sei...

Antes que eu percebesse, Brandon fechou a porta e me ergueu, levando-me até a parte de trás da minha mesa, tirando a cadeira do caminho.

— O que você está fazendo? — perguntei, dando um gritinho.

— Reivindicando o que é meu, amor.

Brandon me deitou em cima da mesa e afastou minhas pernas com seus quadris, firmando-se entre elas. Levantei, sustentando-me pelos cotovelos, e observei Brandon, que rapidamente desfez o cinto e desabotoou a calça jeans. Meu ventre apertou novamente em antecipação e senti minha calcinha começar a umedecer.

— Amor, estamos no meu local de trabalho — afirmei, erguendo uma sobrancelha para ele.

— E?

— E se alguém entrar? — Meu coração disparou ao me dar conta de que uma das meninas podia vir até nós ou, pior ainda, minha chefe.

— Quem entraria a essa hora no seu escritório? — ele perguntou enquanto continuava trabalhando em seu jeans, deslizando-o de seus quadris até os tornozelos.

— Não sei... mas e se?

— Essa é a parte mais excitante, meu amor. Estão todos lá embaixo. Ninguém virá aqui — ele assegurou.

Parei por alguns segundos antes de responder.

— Tudo bem — concordei. — Mas, por precaução, temos que ser rápidos.

Brandon rasgou o invólucro prateado da camisinha e deslizou o látex em seu comprimento duro. Sorri levemente; ele estava se transformando em um adolescente com tesão porque estava sempre prevenido, tinha sempre um preservativo à mão.

— Uau, *sempre* preparado, hein? — perguntei.

— Tenho que estar, principalmente quando você usa vestido — ele respondeu sorrindo e, inclinando-se sobre mim, devorou minha boca.

Um gemido escapou da minha garganta quando senti sua mão debaixo do meu vestido. Ele agarrou a borda da mesa acima da minha cabeça, enquanto passava a língua ao longo da minha clavícula e até o pescoço, enviando arrepios por todo o meu corpo. Envolvi os braços em seu pescoço, fazendo-o virar um pouco. Então, trouxe sua boca para a minha e o beijei avidamente.

Seus dedos engancharam na minha calcinha, traçando meu centro até mergulhar dentro de mim. Arfei.

— Como você está sempre tão molhada? — ele sussurrou.

Gemi outra vez quando ele inseriu outro dedo profundamente no meu núcleo. Comecei a dobrar as pernas para que eu pudesse fincar os pés em cima da mesa e ficar confortável. Brandon fez que não com a cabeça, quando interrompeu nosso beijo, levantou-se e me deslizou facilmente sobre a mesa de carvalho para a borda.

Envolvi sua cintura com as pernas quando ele se aproximou, puxou a minha calcinha de renda delicada para o lado e afundou lentamente em mim. Não importa quantas vezes fizermos amor, a sensação do homem que eu amo entrar em mim ainda é a melhor sensação do mundo. Contraí a boceta no pau dele enquanto deslizava lentamente para trás e para frente. Ele estava olhando para baixo, onde seu comprimento enorme estava me penetrando, minha calcinha de renda branca grosseiramente empurrada de lado.

— Está gostando de ver? — murmurei.

— Muito — respondeu em aprovação.

Nossos olhos se prenderam enquanto ele continuava a bombear lentamente. Meu coração disparou com a intensidade do seu olhar. Envolvi as pernas em volta dele mais apertado quando o seu ritmo começou a acelerar. Agarrei a borda da mesa enquanto ele agarrava meus quadris, me mantendo presa, enquanto estocava vigorosamente em mim.

— Você é muito gostosa e apertada — ele gemeu.

Nossos corpos balançaram em sincronia conforme ele golpeava cada vez mais fundo em mim, rapidamente me levando ao clímax. Fechei os olhos, virando a cabeça de lado, tentando abafar um gemido alto enquanto o meu corpo tremia de prazer. Brandon grunhiu quando gozou, momentos depois.

Abri os olhos novamente, virando a cabeça para Brandon, então ele se inclinou e me beijou suavemente.

— Deus, eu te amo, Spencer.

— Também te amo — eu disse, devolvendo o beijo suave.

Lentamente, ele se retirou de mim, tirou a camisinha e deu um nó no final. Comecei a levantar da mesa, mas Brandon me empurrou para trás e agarrou minha calcinha, puxando-a de mim, antes de rapidamente colocar o preservativo no bolso e endireitar a calça.

— Ei, o que você pensa que vai fazer? Isso é meu — eu disse, saindo da mesa e estendendo a mão para ele.

— Na verdade, acabei de reivindicar você, então ela é minha — ele respondeu com uma piscadinha.

— Não, não, não, preciso da calcinha de volta.

— Por quê?

— Porque eu não posso simplesmente andar por aí sem calcinha — protestei.

— Claro que pode.

— Sério que você quer que eu saia daqui sem calcinha? Estamos na festa da minha empresa!

— Ainda não sei ao certo se já terminei com você — ele disse, pegando minha mão e caminhando até a porta.

— Como assim você ainda não sabe se já terminou comigo?

— Minha mão direita mal tocou em você. *Ela* gosta de te tocar.

— O quê? — Dei uma risada nervosa.

— Você está de vestido e sem calcinha. Minha mão pode sentir frio quando estivermos sentados à mesa, lá embaixo.

— Melhor não fazer isso...

— Desafio aceito — ele disse e abriu a porta do escritório, piscando para mim.

— Juro por Deus, é melhor você se comportar — eu disse, empurrando levemente seu ombro.

— Espera pra ver — ele disse com um sorrisinho. Ele sabia o que aquele sorriso fazia comigo.

Brandon me deu a mão e voltamos para os elevadores. Quando nos aproximamos da nossa mesa, no andar debaixo, todos os olhos se voltaram para nós. Bel e Carroll ergueram uma sobrancelha e abriram um sorriso de quem dizia "sei o que vocês fizeram". Claro que elas sabiam, e provavelmente teriam feito a mesma coisa se estivessem no meu lugar.

— Se perderam? — Sue perguntou. Bel e Carroll caíram na

Tudo o que eu desejo

gargalhada. Corei na hora e olhei para Acyn. O olhar dele encontrou o meu por um instante, o rosto inexpressivo, então se levantou e foi embora sem dizer uma palavra.

Capítulo Quatro

Brandon: Como está sua mesa hoje?

Eu: Sem graça!

Brandon: Ah, vai, foi bem engraçado. :P

Eu: Não consigo nem encarar as pessoas quando vêm ao meu escritório, rsrs.

Brandon: Que bom, agora você não vai me esquecer.

Eu: Está sendo ridículo. Como eu poderia te esquecer?

Brandon: Só me certificando de que você não pode. De qualquer forma, te vejo às cinco. Te amo!

Eu: Tá bom. Também te amo!

Como era sexta-feira, Brandon foi me buscar no trabalho e, então, fomos para casa arrumar as malas para a nossa viagem ao Texas. Planejei dar o presente de Natal dele à noite, pois, quando desembarcássemos, íamos direto para Dallas, ao invés de ir primeiro para casa de seus pais em Houston. Apesar de o jogo ser no domingo, passaríamos a noite em Dallas, já que o jogo começava ao meio-dia. Robert e Aimee acharam melhor termos um café da manhã tardio e ficarmos por lá até a hora do jogo. Tínhamos decidido surpreender Brandon não o avisando antes da hora que seus pais, o irmão Blake e a namorada iam se encontrar com a gente para irem ao jogo.

Blake era o último membro da família próxima de Brandon

que eu precisava conhecer. Após o drama com Christy, Robert e Aimee queriam pegar o voo seguinte e me visitar. Brandon teve que assegurar a eles e aos meus pais de que estava tudo sob controle e que cuidaria bem de mim. Ele foi fiel à sua palavra, não saindo do meu lado todo o fim de semana e durante os dias seguintes, quando liguei dizendo que estava doente. Ele deixou Jason cuidando de tudo na academia e ficou em casa comigo, alegando que já tinha muito tempo que não tirava férias.

Desde aquela semana, Aimee e eu trocamos um monte de mensagens e decidimos juntas o presente de Natal de Brandon. Eu estava realmente ansiosa para vê-los novamente. Nem preciso dizer que Robert e Aimee ficaram aliviados de que Christy tinha falsificado a gravidez. Sei que ficaram um pouco decepcionados porque ainda não seriam avós, mas, dadas as circunstâncias, todos ficaram aliviados.

Blake era dois anos mais novo do que Brandon, que tinha trinta anos. Eles tinham uma relação semelhante à minha com a minha irmã, Stephanie. É difícil manter contato constante com a família, especialmente quando você não mora perto deles ou no mesmo estado, como Brandon e Blake. Eu sentia falta da minha irmã e só fazia algumas semanas desde que a vi, no feriado de Ação de Graças. Eu sabia que Brandon ficaria nas nuvens em um jogo do *Cowboys* com a família inteira.

— Oi, Spence — Bel disse ao bater na porta do meu escritório, interrompendo meus pensamentos sobre o planejamento do fim de semana.

— Ei, está tudo bem? — perguntei.

— Esse almoço me deixou cansada — ela disse, enquanto se sentava na cadeira à frente da minha mesa.

— Você quer dizer os *mojitos* que tomamos? — perguntei, rindo.

— Exatamente. Talvez não devêssemos ter bebido no almoço. Não consigo me concentrar, mesmo que seja para *twittar*. Continuo querendo descansar os olhos.

— Relaxa. Liga o foda-se, hoje é sexta-feira e, além do mais, não tem ninguém aqui. Tenho quase certeza de que sou a chefe agora.

— Nossa, acho que você está certa. Melhor não dizer à minha chefe que quero tirar um cochilo em vez de trabalhar — ela disse toda sorridente.

— Estou cansada também. A noite de ontem me desgastou!

— Eu sei — ela disse com uma piscadinha.

— Não sabe nada — retruquei, apontando minha caneta para ela.

— Sei que, quando pediu licença, ficou fora um tempão. O que suponho é que, nesse meio tempo, você foi a algum lugar e fodeu até os miolos de Brandon.

Imediatamente corei. Bel era uma das pessoas mais francas e sem rodeios que já conheci. Não sei por que me senti constrangida, mas o fato é que fiquei envergonhada.

— Tá legal, nós transamos! — disse e soltei a caneta sobre a mesa, me recostando na cadeira e cobrindo o rosto.

— Eu sabia!

— Nem vem, até parece que você não faria o mesmo.

— Oi? Não, eu... na verdade... eu já fiz isso — Bel disse,

cruzando os braços e se inclinando para trás na cadeira.

— Fez? — Por que fiquei surpresa com isso? Eu tinha certeza de que, quando ia para as boates com Bel e Carroll, elas tinham seu quinhão de homens nos banheiros.

— Claro!

— Aqui?

— Não, embora eu tenha tentado ontem à noite.

— Ai, meu Deus, com quem? — perguntei enquanto me sentava ereta, colocando os cotovelos sobre a mesa e o queixo nas mãos.

— Acyn.

— Acyn?

— Sim, mas, depois que você e Brandon foram embora, ele também foi. Até usei todo o meu charme, mas ele não caiu.

— Hum... bem, acho que foi melhor assim. Provavelmente teria sido estranho hoje, né?

— Talvez. Ele é gostoso pra cacete!

— Sim, ele é. — Acyn era gostoso. Se eu não fosse apaixonada por Brandon, provavelmente teria agido ontem, depois de confirmar minhas suspeitas de que ele sente algo por mim. Acyn era um amor, mas, se eu estava com ciúmes das meninas se jogando em cima de Brandon, não quero nem imaginar o inferno muito pior que seria com Acyn.

Bel e eu conversamos no meu escritório até às cinco, quando finalmente era hora de ir para casa. Felizmente, ela não me perguntou onde Brandon e eu tínhamos transado, já que mudou de assunto para falar sobre ela. A BKJB entrou em recesso para as festas de fim de ano e só voltaria no segundo dia de janeiro. Eu estava ansiosa para viajar para o Texas e Seattle. Iam ser umas férias maravilhosas de fim de ano.

A única coisa pela qual eu não estava ansiosa era que eu voltaria para casa depois do Texas, enquanto Brandon e Jason iam para Seattle mais cedo para preparar a grande inauguração. Becca e eu íamos ter um dia de garotas, fazendo as unhas e as sobrancelhas no salão de beleza dentro do *Club 24*, para nos preparar para o nosso fim de semana festivo em Seattle. Ela até me convenceu a fazer depilação brasileira, e eu faria uma surpresa a Brandon em nossa primeira noite em Seattle. Eu estava super ansiosa!

Sempre pontual, Brandon estava esperando por mim quando Bel e eu saímos do prédio da BKJB. Despedi-me dela e lhe desejei um Feliz Natal e Ano Novo. Ela ia para Los Angeles passar o fim de semana, mas prometeu manter contato durante as férias.

— Oi, amor — eu disse assim que entrei no *Range Rover* e o beijei.

— Oi, linda, sentiu minha falta?

— Pode parar — respodi rindo e continuei. — Bel me sondou esta tarde sobre o nosso sumiço para transar, mas felizmente mudei o foco da conversa para ela e não tive que contar *onde* transamos.

Brandon se afastou do meio-fio e colocou a mão direita na minha perna enquanto dirigia rua abaixo.

— Você não ficou envergonhada por minha causa, né?

— Não fala besteira! — eu disse, batendo em seu ombro de brincadeira. — Eu nunca tinha feito isso antes e só não queria que ninguém soubesse.

— Eu também nunca fiz isso.

— É mesmo? — perguntei, erguendo uma sobrancelha para ele.

— Sério. Antes de você, minha vida sexual era chata.

— Duvido — retruquei, cruzando os braços.

— Por que duvida? — perguntou ele, voltando sua atenção para mim por alguns instantes.

— Olhe para você — eu disse com um aceno de mão.

— Não entendi.

— Amor, você é um tesão. Aposto que há um monte de mulheres que adorariam transar com você... Além disso, você namorou Christy antes de mim e sabemos que vocês transavam.

Brandon se virou para mim de novo e me fuzilou com os olhos. Eu não queria invadir sua privacidade, mas ele também quer que eu acredite que a vida sexual dele, antes de mim, era chata?

— Não acredito que estamos tendo essa conversa. E daí que transávamos? Como já te disse várias vezes, não éramos compatíveis.

— Então, por que ficou tanto tempo com ela? — Rapidamente me arrependi da pergunta. Não queria brigar com Brandon por causa disso. Estávamos indo para casa arrumar as malas para viajar. Só queria acender a lareira, preparar o jantar, colocar nossos pijamas, lhe dar seu presente e nos aconchegar no sofá para assistir a um filme até a hora de dormir.

Paramos em um sinal vermelho e Brandon se virou para mim, me dando aquele olhar furioso de novo. Odiei o brilho, queria o meu sorriso gostoso de volta.

— Não sei. Acho que eu só estava passando o tempo até encontrar você. Christy e eu não tínhamos o que você e eu temos, meu amor. Você é o meu algo especial.

E então meu coração parou. Eu sabia que ele me amava e eu o amava com todo o meu coração, mas ouvi-lo me chamar de seu "algo especial" me fez querer pular em seu colo e nunca mais sair.

Infelizmente, estávamos no carro no tráfego de São Francisco. Tive que controlar meu desejo e me contentar com um meio-termo; segurei o rosto dele, trazendo-o até o meu e o beijei com vontade. Brandon deslizou a mão pelo meu rosto e cabelo e puxou com mais força meu rosto para ele.

O som da buzina do carro de trás interrompeu o nosso beijo. Recostei de volta no banco e Brandon voltou a dirigir.

— Desculpe, vamos esquecer essa conversa — eu disse.

— Fechado. — E, assim, aquele meu sorriso estava de volta.

Já estávamos nos últimos quarteirões de casa. Conforme nos aproximávamos, notei um carro preto, que nunca tinha visto antes, parado na calçada. Quanto mais perto chegávamos, mais detalhes eu identificava — era uma BMW e tinha um laço vermelho nela. Virei a cabeça e olhei interrogativamente para Brandon com os olhos arregalados quando ele estacionou atrás do *Bimmer*, na entrada da garagem.

— O que é isso? — perguntei quando Brandon estacionou.

— Bem, eu não podia levá-lo no avião amanhã — ele disse todo sorridente.

— É que... Isso não é para mim, é?

Tudo o que eu desejo

— É, sim.

— Você me comprou um carro? — perguntei, finalmente tirando os olhos do carro.

— Comprei, Feliz Natal! — ele disse, se inclinou e me beijou novamente.

— Você *realmente* me comprou um carro? — perguntei em choque.

— Comprei, amor, eu realmente te comprei um carro.

Brandon e eu rapidamente saímos do carro. Corri até ele, pulando em seus braços e envolvendo as pernas em sua cintura.

— Sério mesmo que você me comprou um carro? — perguntei novamente, me afastando um pouco de seu rosto.

— Comprei — ele respondeu de novo, rindo de mim. Beijou minha testa e me colocou de volta no chão, onde permaneci plantada no lugar por uns instantes.

— Oh, meu Deus, não consigo acreditar que você me comprou um *Bimmer*! — eu disse indo até a porta do motorista, passando a mão pela pintura preta metálica.

— Gostou?

— Amei!

Abri a porta e sentei no banco de couro preto, sentindo o cheiro de carro novo que só iria durar algumas semanas. O interior do *Bimmer* era igual ao *Range Rover* de Brandon, couro preto com acabamento em alumínio.

— Tem aquecedores de bunda também — Brandon disse. —

Sei o quanto você gosta da sua bunda quentinha.

E gosto mesmo. Desde a primeira noite que andei no carro dele e descobri que tinha aquecedores de assento, eu os ligava quase sempre. Era algo reconfortante ficar com a bunda quentinha.

Bati palmas toda entusiasmada e olhei para cima.

— E teto solar?

— Sim, meu amor, e ainda tem um adaptador de celular que vou conectar ao seu *iPhone* e você poderá falar com as mãos livres.

— Oh, meu Deus, eu te amo tanto! — disse quando saí do carro e o abracei novamente.

Capítulo Cinco

Incapaz de conter meu entusiasmo, disse ao Brandon que perdi a vontade de cozinhar e perguntei se poderíamos sair para jantar para eu poder dirigir. Embora já fizesse um bom tempo desde a última vez que dirigi, me cocei toda para dar uma volta imediatamente. Eu só queria dirigir, pisar fundo no acelerador!

No entanto, São Francisco não era construída para isso, então dirigi subindo e descendo as ruas de sentido único até que acabamos no *MoMo's*. Decidimos comer por lá por ter uma boa comida e ser um dos nossos lugares preferidos.

Depois do jantar, voltei dirigindo para casa. Queria colocar meu carro novo na autoestrada, mas precisávamos fazer as malas para a nossa viagem.

— Vou tomar um banho rápido antes de arrumar as malas — eu disse a Brandon, pendurando meu chaveiro no porta-chaves que comprei alguns dias antes para ele parar de perder as dele.

— Vou me juntar a você — ele disse, me seguindo pelo corredor.

Uma hora depois, Brandon pegou as malas na garagem e as colocou em cima da cama. Quando comecei a arrumá-las, achei que era um bom momento para lhe dar o seu presente. Peguei o envelope na gaveta da minha mesinha branca de cabeceira e tirei a mala do caminho, subindo na cama.

— Agora é a hora do seu presente de Natal — eu disse ao me

sentar sobre os calcanhares e estendi o envelope para ele.

— Só porque antecipei o seu, não significa que você tenha que fazer o mesmo, amor.

— Na verdade, já tinha planejado dar o seu presente hoje à noite, de qualquer maneira.

— O que vamos abrir no Natal? — Brandon perguntou, pegando o envelope da minha mão.

— Isso não importa, é só mais um dia. Além disso, eu tenho você — respondi, sorrindo para ele.

Brandon se debruçou sobre sua mala e me beijou suavemente.

— Então, que tal irmos para algum lugar e nos trancarmos por uma semana?

— Não, nós vamos visitar seus pais. Agora, abra seu presente.
— A proposta era tentadora, mas eu estava realmente ansiosa para visitar o Texas e ver onde ele tinha crescido. Brandon lentamente rasgou e abriu o envelope vermelho, me torturando. Eu tinha envolvido os ingressos em um pedaço de fita prateada e os colocado dentro do envelope.

— Ingressos para o *Cowboys*? Você me comprou ingressos para o C*owboys*? — Brandon perguntou, seus olhos imediatamente se iluminando.

— Comprei, e seus pais também vão. — Ainda não ia contar sobre a vinda do seu irmão porque queria surpreendê-lo pessoalmente. — Eles também estão levando a outra metade do seu presente quando nos pegarem amanhã.

— O que é?

— Não posso te contar, seu bobo — respondi e comecei a sair da cama. — Senão deixaria de ser surpresa. Só te dei os ingressos agora para que você saiba por que vamos para Dallas e não Houston amanhã, quando seus pais forem nos pegar.

Brandon se aproximou e me envolveu nos braços, colocando a cabeça no topo da minha.

— Obrigado, meu amor, eu adorei. Não vou a um jogo há... Nem me lembro mais.

— De nada — respondi ao inclinar a cabeça para trás para olhar para ele. Brandon me beijou e voltamos a arrumar as malas.

❦

Acordamos ao raiar do dia para irmos para o aeroporto. Eu estava superanimada e sabia que ele estava extremamente feliz. Nosso voo partiu de São Francisco um pouco antes das sete da manhã, mas, já que faria escala em Phoenix, não chegaríamos em Houston antes de uma e quarenta e cinco da tarde. Tive dificuldade para controlar a emoção quando saímos do avião.

— Pronto para o seu outro presente? — perguntei a Brandon enquanto caminhávamos em direção à esteira de bagagens.

— Estou? — ele respondeu com um olhar interrogativo.

— Você vai gostar.

— Minha mãe que escolheu?

— Mais ou menos — respondi, rindo.

— O que é tão...

Antes que Brandon pudesse terminar a frase, ouvimos alguém gritar seu nome. Mesmo sem o conhecer, sabia quem era.

— O que o...? — Brandon perguntou enquanto olhava para Blake, que gritava seu nome. — Blake? — Os irmãos caminharam na direção um do outro, se envolvendo num grande abraço, cada um batendo nas costas do outro.

Observei Aimee sorrindo enquanto assistia seus filhos se abraçando no meio de um monte de gente que tentava pegar suas bagagens.

— Não sabia que você vinha — Brandon disse a Blake quando o abraço acabou.

— Ouvi dizer que foi ideia da sua garota — Blake disse, virando de Brandon para mim.

— Surpresa! — eu disse sorridente e um pouco envergonhada. Brandon deu um passo atrás e pegou minha mão, me puxando para ele.

— Blake, esta é a *minha* garota, Spencer. Amor, este é o meu irmão, Blake.

Blake e eu nos cumprimentamos e ele abriu seu sorriso Montgomery para mim. Era evidente que Brandon se parecia com o pai, e Blake, com a mãe. Blake tinha os mesmos olhos castanho-claros de Brandon, mas de uma forma mais arredondada, seu cabelo era um dedo mais comprido, mas de um castanho mais claro, e ele era poucos centímetros mais baixo do que Brandon.

— É bom finalmente te conhecer, Spencer, minha mãe falou de você o tempo todo.

— Que bom! — eu disse sorrindo para Aimee. Ela era realmente um doce e fiquei muito feliz por saber que a mãe de Brandon gostava de mim. Nem sei o que faria se ela não gostasse. Blake nos apresentou sua "amiga", Angelica, que ia passar a noite com a gente e ia para o jogo, em Dallas.

— Vamos, crianças — Robert, o pai de Brandon, disse, quando finalmente veio nos abraçar.

Aimee seguiu atrás dele para nos abraçar e, em seguida, fomos todos para o seu *Escalade* no estacionamento. A viagem durou três horas e meia e, no momento em que chegamos ao hotel, Brandon e eu estávamos exaustos. Mesmo sendo só um pouco depois das seis horas, no Texas, passar o dia todo viajando tinha cobrado um preço alto da gente. Demos boa noite para a família dele e fomos para o nosso quarto.

— Minha nossa, que dia longo — eu disse ao me jogar na cama.

Brandon pulou na cama e montou em meus quadris. Inclinou-se para baixo e beijou minha bochecha.

— E como.... Obrigado pelos meus presentes.

— De nada — respondi e me virei de costas para nos olharmos.

Ele se inclinou novamente e beijou meus lábios levemente. Meu estômago roncou, me lembrando que não tínhamos comido desde a nossa escala em Phoenix.

— Serviço de quarto, banho e depois cama? — ele perguntou.

— Perfeito.

Pedimos serviço de quarto, ligamos a TV e zapeamos pelos dez canais oferecidos pelo hotel enquanto tentávamos encontrar algo para assistir, quando alguém bateu na porta.

— Oi, mãe — Brandon disse assim que a abriu.

— Desculpa se interrompo, mas esqueci que trouxe suas

duas camisas antigas do *Cowboys* para vocês usarem amanhã.

Brandon pegou as camisas, agradecendo a ela com um abraço e um beijo na bochecha. Nós dois dissemos boa noite a Aimee, que sorriu e acenou para nós antes de fecharmos a porta novamente.

— Então, você quer usar a número vinte e dois ou a oito? — Brandon perguntou, levantando as camisas brancas com números azuis e listras grossas azuis ao redor das mangas para eu escolher.

— Bem, acredite ou não, eu realmente sei quem são Emmitt Smith e Troy Aikman — eu disse, mostrando a língua para ele.

— Tá bom, qual vai ser, então?

— Fico com a camisa de um dos melhores corredores de todos os tempos e deixo você ficar com a do companheiro dele de equipe lançador.

— Interessante... Uma fã do Emmitt, hein? Então, é a vinte e dois — ele disse, jogando a camisa que escolhi para mim.

Nosso jantar chegou logo depois que terminamos de pendurar as camisas no armário e tirarmos da mala nossos pijamas e nécessaire de higiene pessoal. Depois do jantar, entrei no banheiro e puxei meu cabelo em um rabo de cavalo alto enquanto Brandon preparava o banho. Assim que a banheira encheu, entramos e nos deliciamos com a água quente e cheia de espuma. A banheira acomodava confortavelmente nós dois; era muito maior do que a do Pebble Beach, que tínhamos desfrutado juntos no meu aniversário.

Brandon pegou meu sabonete líquido e o esguichou na mão, e então passou pelas minhas costas e ombros.

— Adoro quando você me ensaboa — eu disse, brincando.

— Adoro ensaboar em você.

Ele continuou por meus braços, seios, barriga e, em seguida, sob a água, nas minhas coxas. Depois de estar completamente limpa, inclinei-me para trás e descansei a cabeça em seu peito enquanto os jatos massageavam minhas pernas, que estavam esticadas ao longo de cada lado da banheira. Antes que eu percebesse, comecei a cair no sono. Estar no conforto do meu amor e do calor do banho era tudo o que eu precisava para relaxar.

— Amor — Brandon falou, sussurrando em meu ouvido.

— Hmmm?

— Vamos sair, vamos para a cama.

— Não quero me mexer. Tá tão bom assim.

— Estamos ficando enrugados.

— Mas não te lavei ainda.

— Vamos, vou te tirar da água para que eu possa terminar rapidinho e me juntar a você na cama.

Gemi, resmungando. Não queria me mexer, mas sabia que precisava sair e Brandon provavelmente não estava mais confortável comigo em cima dele por tanto tempo. Finalmente, me sentei e comecei a levantar, mas acabei escorregando e caí de cara em Brandon.

— Opa, você está bem, amor?

— Estou — respondi, me levantando e sentando de pernas abertas em seus quadris, com os joelhos dobrados.

— Bem, essa não é uma boa posição — ele disse erguendo

uma sobrancelha.

— Claro que é — respondi e capturei sua boca. Nunca me canso de seus lábios. Brandon tinha de longe o melhor beijo que eu já tinha experimentado. Claro que eu não era tão expert no assunto, mas Brandon fazia maravilhas com a boca. Desde seu sorriso, seus beijos e o jeito como ele a usava na minha boceta — nem sei ao certo se ele sabia desse poder sobre mim, mas podia me obrigar a fazer qualquer coisa quando usava a boca.

Seus lábios quentes e macios acariciavam os meus enquanto lentamente sua língua entrava na minha boca, massageando-a. Brandon passou os dedos levemente nas minhas costas quando gemi na sua boca. Continuamos nos beijando até que eu não conseguia mais respirar, então, permanecemos sentados e abraçados por mais alguns minutos.

— Pronta pra tentar novamente? — Brandon perguntou, rindo de mim.

Rindo também, balancei a cabeça em concordância.

— Acho que sim.

Consegui sair da banheira sem rachar a cabeça. Peguei meu pijama e o coloquei enquanto esperava Brandon sair do banho. Quando saiu, voltei para lavar o rosto. Não sei se foi um resultado de ele me beijar ou o que, mas não estava mais me sentindo exausta. Olhei pelo reflexo do espelho e vi que ele estava de costas para mim, colocando a boxer. Andei na ponta dos pés para fora, peguei a camisa vinte e dois e corri de volta para o banheiro.

Após tirar o pijama e o colocar no balcão, vesti a camisa sem nada por baixo. Ela me engoliu toda. Ia até abaixo do meu joelho, parecendo um vestido, e as mangas eram extremamente longas, cobrindo os braços como se fossem mangas compridas. Assim que saí do banheiro e fui direção à cama, Brandon olhou para cima e me fez parar no meio do passo.

Ele já estava debaixo das cobertas do seu lado da cama esperando por mim.

— Amor... O que você está fazendo? — Brandon perguntou me olhando, seus olhos percorrendo o meu corpo até que não podia mais ver nada porque a cama bloqueava sua visão.

— Indo para a cama — respondi inocentemente.

— Com a *minha* camisa?

— Quem sabe ela não traz sorte para o *Cowboys* amanhã? — disse e puxei a coberta do meu lado da cama.

Brandon soltou a mais vibrante gargalhada que eu já tinha ouvido dele.

— Você sabe que não é por causa disso.

— Eu sei — assumi, mordendo o lábio e engatinhando em direção onde ele estava sentado na cama.

— E você sabe que, quando usa um vestido ou algo que se assemelhe a um, me deixa louco, não é?

— Sei também — disse, olhando em seus olhos, já em chamas.

— Vem aqui — ele ordenou, me agarrando pelo braço e me puxando para baixo em cima dele, me fazendo gritar. Virei de costas com a cabeça deitada em seu colo, quando ele sentou encostado na cabeceira da cama. Passou a mão na minha perna e sob a camisa.

— Minha nossa, você planejou isso. Nem está usando calcinha.

— Ahãm — confirmei, mordendo o lábio inferior novamente e lhe dando o meu olhar mais inocente.

Ele se inclinou e me beijou novamente enquanto passava a mão de leve pelo meu cabelo sob a camisa. Sua ereção duramente pressionava na parte de trás do meu ombro enquanto afundava dois dedos dentro de mim.

— Delícia — gemi conforme ele trabalhava os dedos dentro de mim, minha cabeça inclinada para trás em seu colo. Nossas bocas se tocaram enquanto Brandon ainda trabalhava minha boceta, com dois dedos dentro e o polegar fazendo pequenos círculos no meu clitóris. Eu estava chegando perto do clímax quando Brandon parou e tirou os dedos, me fazendo querer argumentar em protesto.

— Essa camisa já deu o que tinha que dar — Brandon disse, tirando-a sobre minha cabeça e a jogando no chão, me deixando completamente nua. Ele estendeu o braço pelas minhas costas, me levantando e me movendo para o centro da cama, com a cabeça na direção do pé. Em seguida, passou a língua do meu pescoço até o seio. Meu corpo ficou em brasas quando ele começou a brincar e chupar com força o meu mamilo.

Ele deu o mesmo tratamento ao outro seio, e então desceu, passando a língua pela minha na barriga, minha mão deslizando por seu cabelo ainda úmido, sentindo-o com os olhos fechados. Quanto mais se aproximava da minha boceta, mais rápido meu coração batia. Respirei fundo quando meu joelho foi afastado e dobrado amplamente, sua língua passeando pelo meu centro molhado. Puxei seus cabelos com ainda mais vontade quando a língua dele mergulhou na minha boceta e sobre o meu clitóris, me fazendo chegar perto do clímax de novo.

— Não pare — sussurrei.

Quando pensei que não aguentaria mais, Brandon chupou meu clitóris, me enviando a um intenso orgasmo. Meu corpo se fragmentou e calor disparou por mim, até os dedos dos pés, que se curvaram. Nossos olhares se encontraram e Brandon se levantou, se movendo até meu rosto e me beijou, meus sucos ainda em sua boca.

Ele rapidamente saiu da cama e foi até o banheiro. Não me mexi, enquanto o ouvia vasculhar a nécessaire. Após alguns segundos, voltou carregando uma camisinha de sua marca habitual, marca essa que eu estava começando a pensar que devíamos comprar ações. Por um lado, queria lembrá-lo de que eu estava tomando pílula, mas, por outro, sabia que ele ainda tinha pavor de engravidar alguém, mesmo sabendo agora que foi tudo armação da Christy. Não podia afirmar se isso era uma questão de confiança entre a gente ou não.

Eu estava pronta para o próximo nível com ele. Afinal, morávamos juntos e esperava que ele confiasse em mim. Só não queria levantar a questão do preservativo por causa da questão que até agora tinha permanecido intocada. E se eu tocasse no assunto e colocasse as cartas na mesa, e depois descobrisse que ele não confia em mim o suficiente? Era com ele que eu queria me casar e só depois construir uma família, da forma mais tradicional. Não há nada de errado em ter filhos fora do casamento, porém, nós dois fomos cautelosos em nossos relacionamentos anteriores — Brandon mais do que eu.

Trav*idiota* foi a única pessoa com quem não usei preservativo. Depois de descobrir que ele transava com Misty, Ryan me fez ir ao meu ginecologista e fazer todos os testes. Não sabíamos com quem mais ele transou. Os dois dias de espera dos resultados foram os mais longos da minha vida. A maior parte foi gasta enfiando a cara no sorvete de chocolate com menta enquanto assistia *Dirty*

Dancing diversas vezes. *Ninguém coloca a Baby no canto.*

Brandon voltou, parou ao lado da cama e rasgou com os dentes a embalagem do preservativo, jogando-a no chão, e então o rolou lentamente por seu comprimento duro.

— Vire para o lado esquerdo — ele disse ao se inclinar e sussurrar no meu ouvido, enviando um delicioso tremor pela minha espinha.

Olhei para ele, parando por um momento. Ele apontou em direção ao centro da cama e fiz como ele instruiu. Quando me posicionei de lado, Brandon se aproximou de mim e dobrou minhas pernas para que ele ficasse sentado por trás da minha bunda, no meio da cama.

— Coloque as mãos atrás das costas, amor. — Virei totalmente a cabeça para olhá-lo e lhe dei um olhar interrogativo. — Confie em mim.

Brandon se aproximou da minha bunda e separou minhas pernas o suficiente para envolver a perna direita em sua cintura. Quando separei as pernas, senti os sucos remanescentes da minha boceta molhada correrem pela bochecha da bunda. Ele se aproximou ainda mais do meio das minhas pernas e roçou a ponta de seu pênis no meu centro sensível.

Ele sibilou entre os dentes quando afundou na minha umidade apertada, assumindo rapidamente um ritmo enérgico enquanto golpeava cada vez mais rápido e mais forte em mim. Todo o pênis dele enterrou profundamente em mim, suas bolas batendo na minha bunda.

— Oh, meu Deus, isso é tão bom — eu gemi.

O jeito que eu estava inclinada fazia o pênis de Brandon

alcançar meu ponto G a cada estocada. Ele estendeu a mão e acariciou meu seio, trabalhando o bico endurecido entre os dedos. Ele continuou com as estocadas e a fricção no meu mamilo, fazendo meu corpo estremecer e tremer quando atingi o orgasmo.

— Amor, você vai ter que aguentar mais um pouco. Estou muito perto. — Brandon gemeu. Seus impulsos continuaram a atingir o meu ponto G e meu corpo começou a doer pela liberação de novo, enquanto a tensão continuava a se construir. Ele golpeou para dentro e para fora mais algumas vezes, e então cerrou os dentes. Com um impulso final, chegamos ao clímax juntos.

Capítulo Seis

— Porra, amor, não sei como vou aguentar o dia de hoje te vendo na minha camisa — Brandon disse ao pegar minha mão quando saímos do quarto para descer até o restaurante do hotel para o café da manhã.

— Ei, dessa vez estou de jeans.

— Não significa que não estou imaginando você sem ela — ele disse e beijou minha bochecha, enquanto esperávamos o elevador.

Acordamos às oito da manhã, que equivalia a seis no horário da Califórnia. Fiquei agradecida por ter ido dormir mais cedo. Não precisava só do meu sono da beleza para funcionar corretamente, mas, considerando que eu não era uma pessoa muito matinal, não havia a menor chance de eu sair da cama e estar pronta para sair tão cedo, sem uma boa noite de descanso.

Brandon agora me conhecia bem o suficiente e entendia isso. Então, essa manhã, quando vagamente ouvi o alarme irritante tocar, ele o desligou, se virou e começou a beijar o lado do meu pescoço.

— Hora de levantar, amor — ele sussurrou no meu ouvido.

Resmunguei e virei para me aconchegar em seu peito, tentando arrumar todas as desculpas que conseguisse para que ele me deixasse dormir por mais alguns minutos. Mas então me lembrei de seu rosto quando ele abriu os ingressos do jogo e imediatamente despertei.

Vimos Robert e Aimee assim que entramos no restaurante. Eles também estavam com camisas do *Cowboys*. Não vi nem Blake nem Angelica, no entanto.

— Onde está o Blake? — Brandon perguntou aos pais.

— Ele deve chegar logo, você sabe como ele é — disse Robert.

Não entendi muito bem o que ele quis dizer com isso. Quando Brandon falou comigo do irmão, só mencionou que Blake foi bastante baladeiro e mulherengo. No entanto, Brandon acreditava que esses vícios eram problemas do passado e que agora Blake parecia ter finalmente amadurecido.

Assim que o garçom estava anotando o último pedido da mesa, Blake e Angelica entraram tropeçando no restaurante, rindo e vestindo suas camisas do *Cowboys*. Eu não os conhecia muito bem, mas eles pareciam uma merda. O cabelo de Blake estava uma bagunça e Angelica parecia que só tinha retocado a maquiagem do dia anterior.

— Madrugaram? — Brandon perguntou a Blake.

— Não dormi, mano — Blake respondeu batendo no ombro de Brandon, então se sentou na cadeira ao lado dele.

— Não quero nem saber — Brandon disse, balançando a cabeça em desgosto.

— O quê? — perguntou Blake, olhando fixamente para Aimee, que apenas balançou a cabeça também.

Amadureceu muito... Houve um momento de silêncio constrangedor quando Blake olhou para cada um dos membros da família e viu a desaprovação flagrante em seus olhos. O garçom finalmente pigarreou, atraindo a atenção de todos para ele.

— Hum, você já sabe o que vai pedir ou precisa de mais tempo? — ele perguntou.

Blake deu uma olhada no cardápio e pediu para ele e Angelica, que protestou ruidosamente quando ele escolheu bacon e ovos para os dois.

— Querido, eu não como carne ou produtos de origem animal — ela berrou. — Estamos namorando há duas semanas e você ainda não sabe que sou vegetariana? — Seus olhos atiraram punhais, e ela se levantou bufando de raiva. — Não se preocupe em me ligar de novo. — Então, saiu do restaurante, e todos nós nos viramos embasbacados para Blake.

— Você namora a pobre garota há duas semanas e não sabe que ela é vegetariana? — Aimee perguntou, o encarando horrorizada.

— Bem, não passamos nosso tempo todo juntos comendo. E não estamos namorando de verdade, estamos apenas... ah, você sabe.

Blake se levantou e foi atrás da Angelica. Permaneci ali sentada atordoada, observando os rostos na mesa. Honestamente, nem um deles pareceu surpreso com o comentário de Blake ou com o tinha acabado de acontecer. Talvez Blake não tivesse amadurecido tanto assim quanto Brandon pensou.

— Você pode nos dar mais alguns minutos? — Aimee perguntou ao garçom.

— Por que ela ficou tão brava? — Robert perguntou.

— Querido — Aimee disse a Robert —, venho te dizendo isso há anos, homens não prestam atenção.

— Eu presto atenção em você.

Tudo o que eu desejo 69

— Bem, já estamos juntos há trinta e cinco anos. No começo do namoro, você era do mesmo jeito. É que já são anos de treinamento.

— Eu presto atenção em Spencer — Brandon disse, aderindo à conversa.

— É verdade, Spencer? — Aimee me perguntou.

Pensei por alguns instantes, mas não consegui me lembrar de um momento específico em que Brandon não sabia o que eu gostava ou não. Olhei para Brandon, ao meu lado, que parecia estar tentando ler a minha expressão para descobrir o que eu ia responder. Sorri para ele e me virei para Aimee.

— Bem, ele não escuta quando reclamo de fazer agachamento na parede.

Brandon soltou uma risada baixa.

— É porque eu sei o que é melhor para você — ele disse, se inclinando e beijando minha bochecha.

— Bem, mesmo assim você não me ouve — retruquei.

Brandon apertou meu joelho debaixo da mesa e pisquei para ele. O que eu disse era verdade — odiava agachamento e ele me obrigava a fazer duas vezes por semana. Agora, mesmo que houvesse algo que me deixasse irritada com ele, eu não diria aos pais dele. Poucos minutos depois, Blake e Angelica retornaram. Parecia que Blake tinha suavizado as coisas com ela, e Angelica se desculpou pela sua explosão, culpando a falta de sono. O garçom voltou e Blake deixou Angelica fazer o pedido dela. O resto do café foi agradável. Ninguém tocou no assunto da briga ou até mesmo no fato de que Blake e Angelica bocejaram o tempo todo e se entupiram de café.

— Quer outro Pepper Jack? — Brandon me perguntou quando os jogadores saíram do campo no intervalo. Antes de vir ao Texas, não fazia a menor ideia do que era um Pepper Jack. Os texanos adoram Dr. Pepper e não sei quem decidiu dar o nome de Pepper Jack, mas alguém teve a ideia de misturar *Dr. Pepper* com *Jack Daniels*.

— Claro, vou com você.

— Não, eu trago. Fique aqui com Angelica — Brandon disse e beijou minha testa, depois saiu e subiu as escadas com Blake.

Angelica e eu ficamos sozinhas enquanto eles foram buscar as bebidas. Os pais deles também tinham saído para encontrar alguns amigos que estavam no jogo. Minha garganta doía de tanto que eu já tinha gritado, desde a entrada dos jogadores em campo, quando soltaram fogos, até o intervalo. A multidão era extremamente barulhenta e o som era amplificado por causa da cúpula do estádio, que estava fechada, fazendo com que os gritos ficassem mais altos. A maioria das pessoas estava vestida com as cores do *Cowboys*, no entanto, também havia muitos torcedores dos New Orleans Saints vestindo as cores preto e dourado do time. Até o intervalo, o jogo tinha sido bastante disputado; Dallas perdia por três.

— Então, você e Blake estão namorando há algumas semanas? — perguntei a Angelica para quebrar o silêncio constrangedor.

— Isso aí. — A maquiagem de Angelica estava borrada como se ela tivesse se esquecido de lavá-la na noite anterior. O delineador estava manchado embaixo dos olhos, mas nada gritante, já que para ver tinha que estar muito perto dela. A pele latina bronzeada e olhos castanho-escuros escondiam bem.

— Como vocês se conheceram?

— Ele é barman no bar que meus amigos e eu frequentamos.

— Ah, que legal.

Assim que começamos a conversar, dois caras na nossa frente se viraram para falar com a gente.

— Oi, querida, você vem sempre aos jogos? — o cara de chapéu branco do *Cowboys* perguntou, olhando para Angelica.

— Não, nós não somos daqui — Angelica respondeu com um sorriso tímido. — Você acabou de me chamar de querida?

— Chamei, querida.

— Uau, gostei de você ter me chamado de querida.

Angelica se inclinou para frente em seu assento, a camisa entreaberta na parte de cima expondo seu sutiã. Olhei dela para os dois caras à nossa frente. Eles estavam olhando fixamente para a camisa aberta.

— Bem... hum, posso te pagar uma bebida? E para sua amiga aqui? Meu amigo, Scott, pode te comprar uma também, querida. — O cara de chapéu branco olhou de Angelica para mim e esperou nossa resposta.

— Na verdade, meu namorado está me trazendo uma bebida, mas obrigada — eu disse.

— E você, querida? — O cara de chapéu branco perguntou novamente a Angelica.

— Claro, vamos!

Angelica se levantou e começou a caminhar em direção ao

corredor até que os dois caras se levantaram e a seguiram pela fileira abaixo da gente. Tentei chamá-la para perguntar aonde ia e para lembrá-la de que tinha vindo com Blake, mas ela não ouviu... ou não se importou. Continuei sentada ali sozinha, confusa e chocada enquanto via as líderes de torcida do Dallas *Cowboys* realizarem seu show durante o intervalo.

— Ei, onde está Angelica? — Brandon perguntou quando ele e Blake voltaram.

— Hum... ela foi embora.

— Como assim ela foi embora?

Olhei para Blake enquanto ele e Brandon se aproximavam para se sentar em seus lugares à minha esquerda.

— Os dois rapazes que estavam sentados aqui na nossa frente perguntaram se podiam nos comprar bebidas. Eu recusei, mas ela foi com eles.

— Sério? — Blake perguntou, olhando para a esquerda, na direção em que Angelica foi.

— Sério, eu tentei impedi-la, mas ela não me ouviu.

— Tá bom, se ela não voltar até terminar o jogo, vamos embora sem ela — Blake disse.

— Mano, você vai deixá-la aqui? — Brandon perguntou.

— Ela que se foda. Por que eu a levaria para casa se ela me largou por outros homens? Não estamos namorando sério nem nada, mas não pedi para ela vir comigo para se divertir com outros homens.

Eu meio que me senti como se estivesse assistindo a um episódio de *Jerry Springer*, e, se Angelica voltasse com esses

Tudo o que eu desejo

caras, não quero nem pensar no que aconteceria. Aposto que, se os bancos não fossem aparafusados ao chão, eles iriam voar. Os jogadores retornaram para o campo assim que Robert e Aimee se sentaram em seus lugares à minha direita.

— Onde está a Angelica? — Aimee me perguntou.

— Hum... ela foi pegar uma bebida — respondi.

Aimee se inclinou e olhou para Blake.

— Você deixou aquela pobre moça sair sozinha para comprar bebida?

— Não, mãe, não deixei. Ela simplesmente decidiu ir embora — Blake respondeu irritado.

Virei-me para Aimee.

— É verdade, ela acabou de ir embora. Blake está um pouco chateado.

— Por que ela foi embora? — Aimee sussurrou.

— Não sei te responder — eu disse, olhando para Robert, que agora estava prestando atenção na conversa.

— Ela simplesmente se levantou e foi embora? — Robert perguntou.

— Não, ela saiu com os dois rapazes que estavam sentados aqui à nossa frente — respondi e Brandon apertou meu joelho. Virei-me para ele, que me deu um olhar que era para eu parar de falar. Não tinha culpa se a mãe dele estava me perguntando o que tinha acontecido. Eu não podia ignorá-la.

༺♡༻

Angelica não voltou depois de ir beber com os caras com

quem saiu. Eles também não voltaram. Imaginei que ficaram bêbados e provavelmente foram ao banheiro, para um ménage, durante o jogo. Dallas acabou perdendo na prorrogação por três pontos e ficamos desapontados, mas, de um modo geral, o jogo foi divertido. Brandon e Blake me fizeram lembrar de como Brandon e Jason ficaram no jogo dos Giants há alguns meses. Definitivamente, eventos esportivos eram a grande paixão de Brandon. Pena que o *Cowboys* não venceram.

— Vamos esperar pela sua amiga, Blake? — Robert perguntou, olhando para a fileira abaixo.

— Não, vamos embora.

— Querido, nós a trouxemos aqui. Não podemos deixá-la — disse Aimee.

— Ela é bem crescidinha. Se resolveu sair sozinha, pode muito bem encontrar uma carona para casa — Blake disse, caminhando em direção à saída.

— Por que não tenta ligar pra ela? — Brandon sugeriu.

— Tá bom.

Blake tirou o celular do bolso, percorreu seus contatos, e então levou o telefone até o ouvido. Tive uma leve suspeita de que ele não chegou a ligar. Por que você ligaria para alguém que tinha te abandonado horas atrás? Mesmo não estando namorando oficialmente, ele ainda estava puto e não o culpo por querer deixá-la.

— Nada, ela não atendeu. Vamos embora — disse Blake, deslizando o telefone de volta no bolso e continuando a andar em direção à saída.

Todos nós o seguimos. Brandon me deu a mão e caminhamos em direção ao portão do estacionamento. Fomos embora, deixando Angelica para trás.

Brandon e eu sentamos no banco de trás do *Escalade* a caminho de Houston, e Blake no banco do meio. Comecei a pegar no sono, inclinando a cabeça sobre o ombro de Brandon quando meu celular vibrou na bolsa. Peguei-o e vi que a mensagem era do Brandon.

Virei a cabeça em sua direção com um olhar interrogativo. Ele acenou com a cabeça na direção do meu celular enquanto me dava aquele sorriso que eu tanto amava. Desbloqueei a tela e li seu SMS:

Brandon: Estou louco para arrancar essa sua camisa quando chegarmos na casa dos meus pais. Estive pensando o dia todo em você só vestindo ela ontem à noite!

Sorri ao ler a mensagem. De onde vem esse vigor?

Eu: *Na casa dos seus pais? Está louco?*

Brandon: Louco por você e sua boceta.

Engoli em seco e olhei para seus pais no banco da frente — como se eles pudessem ler o SMS. Sorrindo, escrevi de volta:

Eu: *Bem, minha boceta adora o seu pau, mas não devemos esperar até que seus pais estejam dormindo hoje à noite?*

Brandon: Você nunca viu a casa... eles não vão ouvir.

Eu: *Eles não vão ficar desconfiados se desaparecermos?*

Brandon: A gente diz que vai tirar uma soneca.

Ri um pouco alto e respondi de volta.

Eu: Você sabe que isso é código universal para o sexo, né? Rsrs!

Brandon: Não tô nem aí. Moramos juntos e somos adultos. Fiquei excitado o dia todo, amor!

Eu: Vamos ver.

Brandon grunhiu.

Brandon: Como se você já tivesse me rejeitado!

Eu: Muito arrogante, não?

Brandon: Sim, eu disse que meu pau precisa da sua boceta!

Senti minha calcinha começar a ficar úmida só de pensar no pênis de Brandon dentro de mim. Jamais o rejeitaria, ele era como uma droga e eu o desejava tanto quando ele a mim.

Eu: Tudo bem, mas é melhor ser rápido. Não quero ficar envergonhada na frente dos seus pais.

Brandon: Isso não será problema. E pra começar... desabotoe seu jeans.

Eu: O quê??

Brandon: Por favor?

Eu: Tá falando sério? Seu irmão está logo ali!

Brandon: Então você vai precisar ser muito silenciosa. :)

Olhei de relance para Blake, que estava com fones de ouvido e uma música bombando enquanto brincava com o celular. Não acredito que eu ia realmente fazer isso com a família do Brandon a apenas alguns centímetros de distância — no mesmo carro. Coloquei o celular no assento ao meu lado, desabotoei e abri o zíper do meu jeans.

Puxei a enorme camisa para fora e cobri completamente a calça aberta, sentei um pouco mais espalhada e abri as pernas, descansando a cabeça no encosto do banco. Brandon também deslizou um pouco mais para baixo, o suficiente para sua cabeça descansar no meu ombro enquanto colocava a mão esquerda por baixo da minha camisa. Seus dedos roçaram a borda da minha calcinha e ele rapidamente deslizou a mão para dentro, correndo um dedo para baixo e deslizando-o no centro das minhas dobras escorregadias, então o retirou, parando no clitóris.

Seu polegar desenhava círculos sobre a pequena saliência, fazendo meus dedos enrolarem dentro das minhas botas UGG quando o orgasmo começou a se construir. Ele colocou dois dedos dentro de mim, minhas mãos fechadas em punhos enquanto eu tentava não me mover ou fazer som quando ele tirou os dedos de dentro e o polegar continuou trabalhando meu clitóris. Fechei os olhos por um segundo, mas logo voltei a abri-los, pensando que o que estávamos fazendo seria óbvio por algum motivo. Atravessamos uma região do Texas enquanto eu era fodida pelo dedo do Brandon, olhando pela janela e tentando parecer o mais normal possível.

Lutei contra a vontade de gemer, suspirar e até mesmo dar um pio enquanto meus sucos encharcavam seus dedos. Quase não suportei o prazer correndo por mim, quando senti meu corpo aquecer e contrair em torno de seus dedos, tentando resistir ao desejo de estremecer e convulsionar quando o orgasmo me invadiu. Deixei escapar um gemido baixo, mas rapidamente o transformei em tosse para encobrir o som que eu não podia controlar. Brandon tirou os dedos, a cabeça ainda no meu ombro, quando os levou a boca e lambeu meu gosto de seus dedos longos.

Capítulo Sete

Chegamos na casa dos pais de Brandon um pouco depois das sete, naquela noite. A casa ficava no subúrbio de Houston, pelo que Brandon me disse, em um terreno de mais de quatro mil metros quadrados. A sala de estar, rebaixada da casa principal, tinha um sofá bege para oito pessoas do lado esquerdo de quem entra pela garagem. Uma árvore de Natal repousava no canto e estava decorada com luzes brancas, ornamentos coloridos e uma estrela brilhante no topo. A árvore estava repleta de presentes e a abóbada da lareira enfeitada com cinco guirlandas com meias penduradas na frente. Cada meia tinha uma inicial: R, A, B, B e S.

Após passar pela sala de estar, vi uma ampla sala de jantar com pé direito alto e um enorme lustre pendurado com longos fios de cristais, pairando sobre a mesa. Brandon me levou para o quintal pela porta lateral que ficava à esquerda, na sala de jantar.

— Para onde vamos? — perguntei.

— Para o nosso quarto.

— Do lado de fora?

— Na casa de hóspedes.

— Seus pais têm uma casa de hóspedes?

— Têm, eu te disse que eles não podiam nos ouvir — Brandon disse sussurrando no meu ouvido, se inclinando para perto de mim.

Andamos por um caminho de estuque iluminado, passando

por uma grande quadra de tênis, e fomos para uma casinha ao lado. Brandon abriu a porta e, quando entramos na casa escura, o cheiro de baunilha encheu minhas narinas. A casa tinha um dormitório, um banheiro, uma suíte máster e uma pequena cozinha moderna com armários de carvalho e uma bancada de granito cinza, que fazia divisória com a pequena sala de estar. A decoração da sala dava uma sensação de estar na praia; havia um sofá de tecido branco, uma mesinha de centro de madeira branca em frente a uma televisão de vinte polegadas e uma janela que dava para a piscina.

— Uau, esta é a casa de hóspedes?

— Sim, eles têm um monte de amigos que vêm visitar e passar o dia aqui com eles, então, decidiram construir uma casa de hóspedes em vez de as pessoas se hospedarem em hotéis.

— Quantos quartos tem a casa principal?

— Cinco. Mas meus pais querem que as pessoas tenham privacidade, já que eles moram longe de quaisquer hotéis.

— Isso é legal. E também é perfeito para os seus planos — eu disse e dei uma piscadinha para ele.

— Exatamente — Brandon respondeu ao se aproximar de mim, me pegando no colo e me colocando na cama queen size.

— Bem, não exatamente.

— Por quê? — Brandon perguntou, beijando meu pescoço.

— Sua mãe quer que eu ajude com o jantar.

— Serei rápido.

— À noite, quando formos para a cama.

— Meu amor — Brandon disse, continuando a beijar meu pescoço, deslizando a mão sobre minha barriga por baixo da camisa. — Você está me deixando com as bolas azuis aqui!

— Não tenho culpa — eu disse, rindo e empurrando seu peito para que eu pudesse me levantar.

Ao rolar de costas, ele gemeu.

— Juro por Deus, amor, hoje à noite é melhor você torcer para os meus pais terem sono pesado.

— Engraçadinho — eu disse, já caminhando porta afora, indo em direção à casa principal.

Cortei alface e piquei queijo cheddar e tomate, enquanto Aimee dourava e temperava a carne moída para os tacos. Os rapazes se sentaram na sala e assistiram TV enquanto aguardavam o jantar ficar pronto.

— Acho que os homens é que deviam fazer a ceia de Natal amanhã à noite — eu disse à Aimee enquanto picava os tomates.

— Essa é uma boa ideia. E fazê-los nos servir os drinks também!

— Perfeito, adorei a ideia. Mas como é que vamos convencê-los a fazerem isso?

— Bem, se não fizerem, morrerão de fome — Aimee respondeu, rindo.

— Ou pedirão pizza.

— Na verdade, tradicionalmente, Robert e eu fazemos o chili, mas, esse ano, acho que ele e os meninos devem fazê-lo enquanto relaxamos.

— Perfeito!

☙♡❧

Em vez de nos sentarmos à mesa em um jantar formal, nos reunimos na mesa da copa, enquanto comíamos tacos, feijão preto, arroz espanhol e bebíamos margaritas. Blake ainda parecia chocado com o que aconteceu com Angelica mais cedo. Depois de comermos, Blake se desculpou, disse que estava cansado e ia para a cama. Impressionante como ele conseguiu aguentar tanto tempo, já que não dormiu na noite anterior.

Brandon e eu ajudamos a lavar os pratos do jantar e, quando estávamos prestes a ir para a cama, Aimee nos pediu para ficar e assistir a um filme com eles. Brandon me lançou um olhar suplicante, que dizia que queria cumprir a promessa que fez mais cedo, mas simplesmente dei de ombros para ele como se dissesse: "O que você quer que eu faça? É a sua mãe! ". E fui para sala.

Robert acendeu a lareira e Brandon selecionou o filme *Selvagens*, no pay-per-view, para assistirmos. Nos aconchegamos em uma extremidade do sofá, enrolados num cobertor, e Robert e Aimee fizeram o mesmo na outra. Enquanto passavam os trailers dos próximos lançamentos, Brandon pegou o celular e começou a mexer.

— Amor, recebemos uma oferta no apartamento — Brandon disse, ainda olhando para o celular enquanto eu olhava para ele.

— Sério? Já?

— Já, mas a oferta é menor do que o que estou pedindo ou disposto a aceitar. Escuta essa, pai — Brandon disse, se virando para Robert. — Coloquei o apartamento à venda por um milhão e duzentos, mas estão me oferecendo apenas um.

— Por quanto você comprou? — Robert perguntou.

— Setecentos mil.

— Quanto é que você colocou nele depois que comprou?

— Mais ou menos uns cem mil.

— Bem, você ainda sairia no lucro e sei o quanto quer vendê-lo e seguir em frente, filho, mas a decisão é sua.

Brandon digitou algumas coisas no celular e depois o colocou na mesinha lateral ao seu lado no sofá. Eu não tinha a menor noção de quanto valia o apartamento ou quanto ele estava pedindo até aquele momento.

Depois do filme, Robert e Aimee disseram boa noite e foram para a cama. Brandon e eu fomos até a cozinha pegar algumas garrafas de água para colocar no nosso pequeno frigobar para a noite, e caminhamos para o que seria a nossa casinha durante a nossa estadia.

— Quer dar um mergulho? — Brandon me perguntou.

— Agora?

— E por que não?

— A água está fria!

— É aquecida.

Pensei por alguns segundos antes de responder.

— Claro. — Fazia muito tempo que eu não entrava numa piscina. Quando estávamos arrumando nossa mala, Brandon me disse para colocar o biquíni porque, na casa dos pais, tinha piscina e banheira de hidromassagem.

Nos trocamos; eu de biquíni preto e Brandon de calção de banho azul e branco, estilo havaiano, e saímos no ar frio da noite de dezembro. Meus dedos dos pés começaram a congelar nas *havaianas* enquanto íamos para a piscina. Coloquei a toalha na espreguiçadeira, tirei os chinelos e Brandon segurou minha mão, me levando para as escadas.

Mergulhei o dedo do pé na piscina enquanto Brandon entrava nela.

— Brrr, está meio frio.

— Não, está quente, confie em mim. — Ele me olhava com um enorme sorriso no rosto enquanto eu lentamente entrava na piscina. Estava aquecida, mas não tão quente quanto uma banheira de hidromassagem. — Venha, não seja tão medrosa. Depois que entrar, melhora — ele disse, gesticulando para mim.

Suspirei e entrei, andando até que a água cobriu meus ombros. Brandon tinha razão — a água estava quente, mais quente do que o ar frio do inverno, fazendo um leve vapor subir da água azul, iluminado ao nosso redor.

— Viu? Não está tão ruim — Brandon disse, diminuindo a distância entre nós.

— Verdade, você tem razão. — Brandon pegou minha mão e me levou até o meio da piscina, onde era mais fundo, com mais ou menos um metro e setenta de profundidade. Agitei as pernas, tentando permanecer à tona quando Brandon se virou, me puxando para ele. Envolvi as pernas em sua cintura e ele passou os braços pelas minhas costas, me segurando acima da água.

Inclinei a cabeça para trás, olhando as estrelas. Era raro ver estrelas em São Francisco à noite. Normalmente, por causa do nevoeiro, só se via algumas estrelas aqui e ali e não era sempre.

— Acha que conseguiremos ver uma estrela cadente? — perguntei, ainda olhando para o céu.

— Possivelmente — Brandon disse, inclinando a cabeça para cima também. — O que você desejaria?

Voltei meu olhar para o dele, nossos rostos no mesmo nível.

— Já tenho *tudo o que eu desejo*, não preciso fazer um pedido.

Brandon me encarou por um momento, e então se inclinou para frente e me beijou. Eu o senti começar a endurecer no meio das minhas pernas e aprofundei mais o beijo, encorajando-o. No decorrer do dia, percebi o olhar faminto nos olhos dele e, agora que finalmente estávamos sozinhos, eu queria satisfazê-lo.

Sem interromper nosso beijo, soltei a mão do pescoço dele, deslizando para baixo pelo seu peito duro, mais abaixo no abdome tanquinho e a pousei em cima do calção.

— Meu amor — Brandon disse, mordendo meu lábio inferior entre beijos.

— Huh?

Se afastando de mim, ele me encarou, seu olhar ardendo de desejo.

— Você sabe que estou me segurado o dia todo... Não me provoque.

— Quem disse que estou te provocando?

— Não podemos transar na piscina.

Eu sabia o que Brandon realmente queria dizer: não podemos transar sem camisinha.

— Eu sei, mas posso brincar com o seu pau.

— Não sei quanto tempo serei capaz de aguentar se você fizer isso.

— Bem, veremos — eu disse, sorrindo para ele.

Ele me encarou de novo, sem dizer uma palavra, como se estivesse tentando ler meus pensamentos ou talvez reconsiderando sua regra de preservativos. Depois de alguns segundos, Brandon se inclinou e começou a beijar o meu pescoço. Tomando isso como sinal verde para entrar em suas calças, tirei a outra mão de seu pescoço, seus braços ainda em volta das minhas costas.

Enquanto ele me segurava, alcancei o calção para desamarrá-lo. Afrouxei a parte de cima e enfiei a mão dentro, envolvendo-a em seu comprimento. Minha mão congelou no lugar quando notei um vulto se movendo no escuro.

— O que foi? — Brandon perguntou.

— Acho que vi alguma coisa — sussurrei.

— Onde?

— Do outro...

Só então, Blake surgiu da escuridão perto da garagem com uma garota a tiracolo. Não era Angelica. Ela era de altura mediana, cabelo castanho-escuro como Angelica, mas era mais branca e, na minha opinião, muito mais bonita também.

— Não se incomode com a gente, mano — Blake disse quando passaram pela piscina, indo em direção à casa. A garota parecia um pouco envergonhada, tentando esconder o rosto com o cabelo. O que ela fez para sentir vergonha? Eu é quem fui pega com a mão no pau do Brandon quando eles passaram.

— Outra garota, já? — perguntei a Brandon depois que entraram em casa.

— Este é o meu irmão. Ele tem sempre uma garota na fila, só esperando um telefonema dele.

— Então, ele nunca fica sozinho?

— Não que eu saiba. Sempre o vi com uma garota e nunca a mesma, exceto na escola. Ele namorou a mesma, do segundo ano até se formar.

— O que aconteceu?

— Você realmente quer falar sobre o meu irmão com a mão no meu pau? — Brandon perguntou, rindo por entre os dentes.

— Oh, não, claro que não — respondi, soltando uma gargalhada.

— Acho bom mesmo — ele disse, tomando meus lábios novamente.

Com a mão ainda dentro da sunga dele, masturbei-o lentamente, a água permitindo que minha mão deslizasse facilmente para cima e para baixo. Brandon enfiou a mão dentro da parte de trás do meu biquíni, apalpando minha nádega direita. Senti seus dedos passearem pela fenda da minha bunda, me fazendo contraí-la.

— O que foi? — Brandon perguntou.

— Na minha bunda não.

— Amor, eu não faria isso — ele disse, rindo de mim.

— Ah, então continue. Use e abuse.

Continuei bombeando lentamente seu comprimento duro e liso, ao mesmo tempo em que sua mão se moveu mais para dentro do meu biquíni, então ele deslizou um dedo dentro da minha boceta. Nossas línguas continuaram duelando, fortalecendo a necessidade dele dentro de mim, então, comecei a masturbá-lo mais rápido.

— Amor, precisamos entrar agora antes que eu goze na piscina e tenha que explicar aos meus pais amanhã porque precisei esvaziá-la.

— Tá bom — ofeguei.

Brandon foi até os degraus da piscina comigo ainda envolta em sua cintura.

— Não... — Brandon murmurou quando comecei a retirar as pernas. Ele me segurou firme contra seu corpo quando subiu as escadas e foi para a casa, ainda me beijando com necessidade. Assim que entramos, ele me deitou na beirada da cama e foi até as malas pegar um preservativo enquanto eu tirava todo o meu biquíni.

— Meu amor, me desculpe, dessa vez será rápido — ele disse, deslizando a camisinha no pau depois de tirar o calção. — Fique de quatro.

Obedeci e aguardei ansiosamente, e, com um impulso, o pau grosso de Brandon me preencheu, me esticando totalmente enquanto se movia lentamente para dentro e para fora, e então começou a acelerar o ritmo. Minhas mãos apertaram o edredom azul macio, minhas costas arqueando à medida que as estocadas se intensificavam. Brandon alcançou meu seio e trouxe meu orgasmo, há muito esperado, para perto de uma intensa explosão.

Sua outra mão deslizou entre minhas dobras e um intenso

orgasmo se apoderou totalmente de mim. Gemi quando meu prazer pulsante apertou o pau dele, amando a forma com nossos corpos estavam perfeitamente sincronizados. Seu ritmo desacelerou quando ele gemeu em sua própria libertação.

Ficamos ali deitados e ofegantes por alguns minutos antes de nos levantarmos. Em seguida, Brandon me levou para o chuveiro.

Depois do banho e do longo dia, nos arrastamos para a cama e adormecemos aconchegados de conchinha.

Capítulo Oito

Na manhã da véspera de Natal, no café da manhã, Blake e sua amiga, Stacey, comeram com a gente. Pelo que entendi, Robert e Aimee conheciam Stacey. Ela e Blake namoram e terminam há vários anos, mas Blake sempre estragava as coisas com ela de alguma forma. Ela me pareceu uma garota muito doce e, depois de conversarmos, descobri também que tinha a mesma idade que eu, vinte e oito anos e pretendia ser atriz.

Depois do almoço, os homens foram até o mercado comprar os ingredientes para o chili que eles concordaram em fazer para a nossa ceia de Natal. Aimee convidou Stacey para passar o dia aqui com a gente e também ficar para o jantar. Ela ficou tão feliz que até voltou em casa para pegar o biquíni e uma muda de roupa para curtir o dia na piscina com Aimee e eu.

— É impressão minha ou você realmente gosta da Stacey? — perguntei a Aimee, estendendo minha toalha de praia de hibiscos cor-de-rosa sobre a espreguiçadeira à beira da piscina.

— Gosto, mas, a cada vez que Blake estraga as coisas, meu coração se parte por aquela garota.

— O que ele fez e por que ela continua voltando?

— Ele não entra em detalhes comigo, mas, pelo que pude perceber, ela não gosta que ele beba.

— Oh, ele bebe muito? — perguntei, esguichando protetor solar na mão.

— Bebe. E piorou desde que se tornou barman. Brandon te contou por que ele voltou para casa?

— Por alto... ele mencionou que Blake gostava muito de se divertir e que não era muito bom em guardar dinheiro.

— Isso também contribuiu — disse Aimee, passando bronzeador nas pernas. — Ele foi preso por dirigir alcoolizado em agosto. Robert e eu tivemos que tirá-lo da cadeia e pagar as custas judiciais, já que ele não administrava muito bem o dinheiro dele, como Brandon mencionou pra você. Passei anos rezando para ele criar juízo e arrumar um emprego de verdade para construir algo para si mesmo, assim como Brandon fez, mas ele não cresceu ainda. Robert e eu fizemos um acordo com ele: cuidaríamos da infração penal se ele voltasse para casa, fosse à escola e começasse a agir como adulto.

— Uau.

— E aí, obviamente, ele concordou e acho que está melhor. Está tendo aulas online para gestão empresarial e trabalhando como barman à noite. Desde que voltou a morar com a gente, diminuiu o consumo de álcool e voltou a dirigir. Estávamos levando-o para o trabalho... outra parte do acordo.

Eu estava boquiaberta com o que Aimee estava me contando. Tínhamos a mesma idade; não conseguia me imaginar voltar a viver sob as regras dos meus pais novamente.

— Então, ele namorava a Stacey antes de ser preso?

— Eles estão nesse vai e vem há... anos. Acho que a prisão foi só a cereja do bolo... bem, assim eu pensava, mas, ao trazê-la aqui hoje, sou levada a acreditar que eles voltaram a se reaproximar novamente.

— Ela parece legal — eu disse ao inclinar a cabeça para trás para curtir o sol do Texas.

— Eu adoro a Stacey e sempre tive esperança de que eles ficassem juntos. Quem sabe, pode ser que um dia fiquem.

Aimee e eu curtimos um pouco mais de sol antes de Stacey voltar, caminhando pelo quintal.

— Querida, puxe mais uma daquelas espreguiçadeiras e junte-se a nós — Aimee falou para Stacey, apontando para o outro lado da piscina.

Stacey fez exatamente isso, colocou sua espreguiçadeira do meu lado, me deixando no meio, entre ela e Aimee. Era um dia lindo de inverno. Não existia a menor chance de eu passar um dia à beira da piscina em São Francisco nesta época do ano. O tempo não estava quente, mas também não estava frio. Eu diria que estava em torno de uns 22°C e estava perfeito.

— Há quanto tempo você e Brandon estão juntos? — Stacey perguntou.

— Há pouco mais de quatro meses.

— Esta é a primeira vez que o encontro. Parece que Blake e eu sempre estamos fora quando Brandon vem à cidade.

Nenhuma de nós mencionou a noite anterior. Não sei quem ficou mais envergonhada. Nós duas, obviamente, nos divertimos muito com os homens Montgomery ontem à noite, mas o que fez me sentir melhor foi que Blake não trazia para casa uma vadia aleatória.

— Meninas, querem limonada? — Aimee ofereceu.

— Eu adoraria — respondi.

— Eu também — Stacey concordou.

Aimee nos deixou sozinhas, indo até a cozinha buscar nossa limonada.

— Há quanto tempo você e Blake estão juntos?

— Eu não diria que estamos juntos.

— Sério?

— Não, quero dizer, estamos nessa coisa de ir e vir há alguns anos. Ele me ligou ontem à noite para me desejar Feliz Natal e acabamos conversando, então, ele me convidou e, bem, foi quando vi você na piscina. Nós não conversamos sobre voltar a ficarmos juntos.

— Ah, tá... Me desculpa perguntar, mas por que você continua voltando para ele?

— Essa é a pergunta de milhão de dólares. Até onde eu sei, ele nunca me traiu ou qualquer coisa do tipo. A gente brigava muito e isso levou ao rompimento. Temos saído com outras pessoas, mas parece que não conseguimos ficar longe, então, sempre voltamos. Por mais louco que possa parecer pra você, eu ainda o amo.

— Eu compreendo.

Stacey e eu conversamos até Aimee voltar com nossas limonadas. Ela trabalhava como garçonete em um restaurante local chamado Chili's, mas o sonho dela era se mudar para a Califórnia e correr atrás da carreira de atriz. Conversamos sobre a Califórnia e em, como minha amiga Audrey morava em Los Angeles, ela poderia colocá-la em contato com alguém. Depois da conversa com Aimee, torci para que Stacey e Blake se acertassem porque eu realmente gostei dela e pensei que ela seria a mulher certa para ele. Pode chamar de intuição feminina, mas não senti uma boa vibração com relação à Angelica desde o primeiro momento em que a vi no aeroporto.

Logo depois, os homens voltaram do supermercado e começaram a trabalhar na cozinha. Aimee e eu fazemos um *toca aqui* porque o nosso plano funcionou. Brandon veio até a gente alguns minutos depois, trazendo um prato de queijo, bolachas e frutas.

— Onde estão as grandes folhas de palmeiras? — Aimee perguntou a Brandon. — Estou morrendo de calor.

— Pergunte ao seu marido — Brandon respondeu, brincando com a mãe. — Mas posso servir as senhoras em mais alguma coisa?

Ninguém precisava de mais nada no momento, então Brandon se inclinou e beijou o topo da minha cabeça antes de voltar para dentro. Ele ia terminar de ajudar Robert e Blake na cozinha para depois todos se juntarem a nós na piscina e curtirmos resto do dia.

༺♡༻

— Está muito bom esse chili — eu disse aos três homens enquanto estávamos sentados em volta da mesa, na copa novamente.

— Obrigado, Spencer, eu fiz tudo sozinho — Blake disse, tentando segurar o riso.

— Uma ova, seu merda — Brandon disse, socando o braço de Blake de brincadeira.

— Ai! Eu só provei. Não estaria bom se não fosse por mim.

— Spencer, obrigado — Robert disse. — Brandon e eu fizemos quase tudo, mas, sim, Blake experimentou para ver se estava bom.

— Acho que este é o melhor chili que já comi.

— Obrigado, meu amor.

— Por que você nunca o fez para mim antes?

Eu sabia que Brandon sabia cozinhar, mas não queria parar de comer esse chili. Eles acrescentaram salgadinho tipo nacho e queijo, o que o tornou mais gostoso e, por Deus, estava divino!

— Ainda não tive chance.

— Você precisa me fazer isso mensalmente... não, semanalmente — eu disse, rindo.

— Você acha que ficou bom?

— Delicioso!

Imaginei nós dois sentados perto da lareira em casa, numa noite chuvosa de inverno, comendo uma grande tigela de chili enquanto assistíamos a um filme. Não era preciso muito para me agradar, mas, se Brandon fizesse frequentemente isso para mim, acho que jamais me cansaria.

— Tá bom, faço qualquer coisa por você — ele disse com uma piscadinha.

— Que tal, depois do jantar, fazermos um torneio de Texas Hold'em? — Robert perguntou.

∽♡∾

Depois do jantar na copa, nos reunimos na sala de jantar, o que permitiu mais espaço para jogarmos as cartas confortavelmente. Brandon não sabia, mas eu vinha praticando no trabalho na hora do almoço, no celular, porque já estava cansada de perder. Ele jogava toda semana e todas as vezes que o vi jogar, ele ganhou.

Durante a hora seguinte, todos mantiveram suas apostas. A aposta inicial foi de vinte dólares em fichas. Aimee fez uma jarra de margaritas para nós mulheres e os homens beberam cerveja. Já nas rodadas seguintes, Robert tirou Stacey, Brandon tirou a mãe, e eu choquei a todos quando tirei o Blake.

Eu podia afirmar que Brandon estava desconfiado porque continuou lançando olhares quando eu ganhava a banca. Eu estava feliz. Não tinha dito a ele que vinha praticando. Sempre que praticava no celular, fingia que estava jogando com dinheiro de verdade. Pratiquei principalmente minha cara de blefe porque sabia que Brandon poderia me ler e era assim que ele continuava ganhando.

Finalmente, depois de mais algumas mãos, tirei o pai dele, sobrando apenas eu e Brandon jogando mano a mano.

Enquanto eu recolhia meus ganhos, Brandon sorriu maliciosamente, me considerando pensativamente.

— Bem, meu amor, parece que você melhorou bastante desde a última vez que jogamos.

A última vez que jogamos foi quando Robert e Aimee vieram nos visitar antes do Halloween. Já que as probabilidades estavam a favor de Brandon porque ele jogava toda semana, resolvi deixar o jogo mais interessante.

— Que tal, se eu ganhar, você me dar uma massagem corporal completa de duas horas quando eu te pedir?

— E se eu ganhar? — Brandon disse, erguendo a sobrancelha.

— Aí já não sei... O que você quer?

Brandon pensou por alguns instantes enquanto eu esperava

a resposta. Todos tinham saído da mesa para pegar bebida ou conversar. Finalmente, ele me olhou com um sorriso travesso no rosto, pensando a respeito.

— Bem, se eu ganhar, você tem que ir à festa de Réveillon sem calcinha — ele disse, me lançando aquele sorriso que derretia meu coração.

— Você quer que eu ande por Seattle sem calcinha? — perguntei, questionando a sanidade dele.

— Não se lembra como foi divertido da última vez que te fiz sair sem calcinha? — Brandon sussurrou ao se inclinar para mais perto de mim.

Claro que eu lembrava, já que isso aconteceu semana passada. Depois que Brandon e eu voltamos do "tour" pelo meu escritório durante a festa de Natal da minha empresa, sua mão nunca desgrudou da minha perna quando voltamos à mesa com as meninas. De vez em quando, ele avançava lentamente a mão, fazendo eu me contorcer no lugar. Fiquei surpresa por Bel não mencionar nada no dia seguinte. Na verdade, ele não chegou a enfiar a mão no meio das minhas pernas, mas, naturalmente, eu não sabia que ele não faria isso. Ele me provocou por pelo menos uma hora antes de irmos para casa.

— Combinado. Mas você não vai vencer dessa vez — eu disse, mostrando a língua para ele.

— Veremos — ele disse com uma piscadinha.

— Tudo bem, crianças, vamos ver quem é o melhor jogador de pôquer nessa relação — Blake provocou ao sentar e pegar as cartas para embaralhar.

Olhei a pilha de fichas de Brandon; era quase o dobro da

minha. Comecei a me arrepender da amistosa aposta que fiz com ele e fiz Blake distribuir a primeira mão.

Ficamos páreo duro por várias rodadas antes de eu conseguir sair na frente de Brandon. Blake distribuiu a mão seguinte e, ao olhar as minhas cartas, vi uma dama de copas e um dez de espadas. Brandon tinha um sorriso no rosto, mas só fez uma aposta simples, a qual eu já esperava.

Blake virou o *flop*: dama de ouros, dez de copas e oito de espadas. Olhei para cima para Brandon, que ainda estava olhando para mim com *aquele* sorriso. Não sabia o que significava. Eu tinha uma boa mão com dois pares, mas era possível que ele tivesse uma sequência ou só precisasse de uma carta para que isso acontecesse.

Normalmente, neste momento, eu aguardaria e deixaria a outra pessoa apostar, não querendo deixar transparecer que eu tinha uma boa mão, mas achei que Brandon tinha percebido o que eu tinha até agora, por isso, acabei apostando dez dólares.

— Dez dólares, quando a aposta inicial foi de apenas dois? — Brandon perguntou, inclinando a cabeça.

— O quê? Muito arriscado para você, Sr. Montgomery?

— Não, mas você não costuma apostar muito, Srta. Marshall. Deve ter algo realmente bom aí na mão.

Merda, pensei que fazer algo diferente fosse fazê-lo desistir, sem dizer a ele o que eu tinha na mão. Dei de ombros.

— Só existe um jeito de descobrir.

— Eu pago — Brandon disse, me olhando diretamente nos olhos.

Blake, então, virou a quarta carta comunitária, um nove de

ouros. Não me ajudou em nada, mas muito provavelmente ajudou Brandon a fechar seu *straight*; eu o estava deixando mais forte. Decidi apostar mais dez dólares, pois sabia que Brandon saberia que eu não tinha *straight*, se eu parasse a essa altura do jogo.

— Cubro seus dez e aumento mais dez — Brandon disse.

Confirmei naquele momento que ele tinha um *straight*, o qual venceria meus dois pares. Comecei a pensar sobre o comprimento do meu vestido de Réveillon; conseguiria me curvar sem mostrar a bunda? Sem muita hesitação, cobri a aposta de Brandon. Eu precisava me manter firme e não recuar.

Todos estavam reunidos em volta, nos observando. Deixei Aimee ver minhas cartas e Brandon mostrou as dele ao pai. Eles trocaram um olhar e eu sabia que estavam se segurando para não sussurrarem entre si. Blake virou a quinta e última carta, que era uma dama de paus, me dando um *full house*, que venceria o *straight* de Brandon. Eu queria dar pulinhos de alegria, mas mantive a calma usando minha melhor cara de blefe, apostando tudo.

Brandon imediatamente cobriu, apostando tudo. Apenas sorri confiante, mas por dentro já estava pensando num dia perfeito para receber minha massagem corporal de duas horas.

— Certo, agora mostre suas cartas, mano — disse Blake.

Brandon virou um *straight* de reis.

— Não se preocupe, amor, vou te manter aquecida — ele disse, caindo na gargalhada com Robert.

— Sabe, você não devia ser tão convencido ou presunçoso demais. Conhece o ditado sobre ser presunçoso? — zombei, então Aimee e eu fizemos uma *toca aqui*. — *Full house* de dama, meu amor — eu disse, mostrando minhas cartas.

Stacey dava pulinhos batendo palmas e Aimee me deu um tapinha nas costas.

— Finalmente você derrotou o Black Bart da família!

— Black Bart? — questionei.

— Não sou ladrão, mãe. Sempre ganho honestamente — Brandon disse, protestando.

— Bart Roberts, também é conhecido como Black Bart, foi um pirata do final do século XVII que sempre roubava dinheiro do povo — Aimee disse, me explicando o comentário Bart Black.

— Um pirata negro? — perguntei.

— Não, querida, ele não era negro. Era só apelido — Aimee disse, rindo.

— Bem, Spencer, aqui está o dinheiro que você ganhou. Esta noite com certeza vai entrar para a história da família Montgomery — Robert disse, me entregando os cento e vinte dólares.

— Uau, amor, você finalmente me derrotou — Brandon disse enquanto arrumávamos as fichas de pôquer.

— Você parece surpreso.

— É uma coisa muito rara eu ser derrotado, como disse minha mãe. De qualquer forma, estou ansioso pra te dar a sua massagem — ele disse, vindo até mim e me abraçando.

— Também estou — disse, abraçando-o de volta.

Obviamente, meu treino valeu a pena. Agora eu precisava continuar praticando para ele nunca me derrotar novamente e eu sempre ganhar nossas apostas.

Na manhã de Natal, nos reunimos em volta da árvore com Robert, Aimee, e Blake e abrimos os presentes, enquanto tomávamos chocolate quente. Robert e Aimee nos deram ingressos para irmos ao *Teatro ZinZanni*, quando voltássemos para São Francisco. Era um show de comédia que contava com acrobatas, palhaços, truques de mágica — praticamente tudo o que tinha num circo — enquanto servia jantar, com cinco diferentes pratos, em uma grande tenda no Pier 29.

Aimee abriu a batedeira da *KitchenAid* que pedimos ao Robert para comprar e embrulhar para a gente, já que não podíamos trazer no avião. Brandon deu ao pai uma partida de golfe em um Country Club local e demos a Blake uma passagem de ida e volta para nos visitar em São Francisco quando quisesse.

Descansamos o resto do dia, aproveitando a companhia da família dele. Stacey voltou quando estávamos terminando a ceia de Natal e depois resolvemos jogar *Monopoly* até que Aimee venceu. Em seguida, fomos para a cama.

No dia seguinte, os homens foram jogar golfe enquanto nós, mulheres, fomos às compras aproveitar as promoções de depois do Natal. Exaustos das atividades do dia, encerramos a noite mais cedo para nos prepararmos para voltar para casa na manhã seguinte.

Capítulo Nove

Parei com Becca para tomarmos café com donuts depois de deixarmos Brandon e Jason no aeroporto, na manhã seguinte à que voltamos de Houston. Como nossos homens não estariam em casa, resolvemos fazer a boa e velha festa do pijama. Ryan, é claro, queria participar, então estava vindo para a academia passar o dia no SPA com a gente para nos embelezarmos para a festa de Réveillon.

Depois de comermos até dizer chega os donuts de dar água na boca da *Krispy Kreme*, nos dirigimos para o *Club 24* para receber nossos mimos: fazer as unhas, tratamentos faciais e cortar o cabelo. Qualquer um pensaria que estávamos nos preparando para um baile ou, até mesmo, um casamento; era muito bom ter um tempo só de meninas.

Assim que entramos pela porta da frente, diminuí o passo ao ver a Sra. Robinson na recepção falando com Courtney, uma das funcionárias do clube. Quanto mais nos aproximávamos dela, mais eu a ouvia, e, com certeza, ela estava perguntando por Brandon.

— Como assim Brandon não está aqui, Courtney? Nos encontramos toda semana nesse horário — Sra. Robinson disse.

— Sinto muito, mas ele está em Seattle com o Sr. Taylor.

— Bem, ele não mencionou nada comigo semana passada quando estávamos no escritório dele.

Virei-me para Becca à procura de respostas. Ela conhecia Brandon melhor do que ninguém, além de Jason.

O que Brandon fazia toda quinta-feira com a Sra. Robinson? Pensei que ele tinha recusado seus apelos de ele mesmo treiná-la.

— Vamos, Spencer, vamos lá. Vou perguntar ao Jason quando o vir — Becca disse, me puxando pelo braço, indo em direção ao SPA.

Ao me ver passar, a Sra. Robinson se virou e me deu um sorriso mal-intencionado antes de virar de volta e ir na direção oposta aos vestiários. Por que tudo dela sempre era com Brandon? Ele me disse várias vezes que não havia nada entre eles e eu acreditei cem por cento. Por que ela não o deixava em paz?

As meninas e eu entramos no SPA e Ari estava no balcão nos esperando com taças de champanhe. Bebi a minha num só gole e Ari rapidamente reabasteceu a taça.

— Tudo bem, Srta. Marshall? — ela perguntou.

— Vai ficar, obrigada. Só precisava me acalmar.

— Acho que Jason tem vodka no escritório — Becca ofereceu.

— Eu estou bem. Vamos ser mimadas! — eu disse, rindo.

Ari nos levou até as cadeiras da pedicure. Tirei as sandálias, enrolei as pernas da calça jeans e sentei na cadeira de massagem, colocando os pés na água quente perfumada com lavanda.

— Ah, precisamos acertar os detalhes da sua festa de despedida de solteira — eu disse a Ryan.

— Você vai contratar um stripper e me obrigar a usar uma tiara e um colar de pênis?

— Mas é claro! Só se casa uma vez, sua boba.

— Minhas amigas me fizeram usar essas coisas na minha também — disse Becca.

— Uau, e o que mais vocês fizeram? — Ryan perguntou, inclinando-se para frente, para que pudesse ver Becca, que estava sentada do meu outro lado.

— Fomos de bar em bar no centro de Austin. Fiquei tão bêbada que não me lembro de tudo o que aconteceu, mas minha madrinha de casamento, Sam, contou que me colocaram num daqueles carrinhos de transportar malas e me levaram até o quarto do hotel que alugamos para aquela noite.

— Que mico — eu disse, rindo.

— E eu não sei? Quase morri de tanta vergonha na manhã seguinte.

— Ai, meu Deus, Spencer, é melhor não me deixar assim tão bêbada — Ryan advertiu.

— Ah, mas... eu seguro seu cabelo — provoquei. — É sua última aventura antes de colocar o "anel" no dedo, Ry. Você precisa dar o seu melhor!

Ryan me lançou um olhar de morte.

— Se eu for parar no meu leito de morte, me certificarei de que você vá comigo!

— Tá bom, tá bom. Que tal então só um jantar e uma grande festa do pijama em uma suíte de hotel com todas as suas amigas, então, fazemos jogos de bebida e comemos bolo em formato de pênis? — perguntei, levantando as mãos em derrota.

— Show, e por que não contratamos um stripper de verdade? — Ryan gritou, batendo palmas animadamente e com um sorriso perverso no rosto.

— A noite é sua, podemos fazer o que você quiser — Becca disse.

❦

Depois de todas cortarmos os cabelos, decidimos que já era hora de irmos embora. Quando estávamos entrando no estacionamento, para pegar o carro e irmos para a minha casa, para a nossa noite da festa do pijama, vi um familiar *Honda Civic* vermelho estacionado algumas vagas depois do meu novo *Bimmer* preto.

Tentei me lembrar de onde eu tinha visto aquele carro antes. *Honda Civic* vermelho é um carro muito comum, mas havia alguma coisa sobre esse carro em particular que me soou familiar.

— Ei, Ry, conhecemos alguém que tenha um *Honda* vermelho?

— Não, acho que não.

— Ele me parece muito familiar.

Comecei a abrir a porta do motorista quando olhei à minha direita em direção à academia e percebi Trevor me observando. Nos encaramos por um segundo e, em seguida, me apressei, entrando no carro e imediatamente trancando as portas.

— Puta que pariu, é o Trevor! — eu disse enquanto prendia o cinto de segurança.

— Como você sabe que é o Trevor? — Becca perguntou.

— Porque ele é o dono daquele carro e está parado de pé logo ali na academia. — Apontei para onde ele estava pela janela traseira do carro, mas ele não estava mais.

— Onde? Não vejo ninguém — Becca disse.

— Bem ali, sei que era ele.

— Spence, vamos sair logo daqui — Ryan disse.

Rapidamente, saí do estacionamento e dirigi em direção à minha casa. Eu não entendia por que ele estava me observando. Na última vez que o vi, corri para pegar o ônibus. Agora ele sabia qual era o meu carro.

Enquanto dirigia, olhava pelo espelho retrovisor, embora não tenha visto o *Honda* dele sair do estacionamento. Nem morta eu voltaria à academia sozinha. Se Brandon ou qualquer outra pessoa não pudesse ir comigo, eu não iria.

— Jason me contou sobre Trevor — Becca falou.

— É, Ryan e eu o conhecemos em Vegas e já esbarrei nele algumas vezes na academia e uma vez no *MoMo's*. Ele está começando a me assustar de verdade.

— Vou conversar sobre isso com Jason quando eu falar com ele hoje à noite. Talvez esteja na hora de contratar segurança ou sei lá o quê, mas algo tem que ser feito — disse Becca.

— Nunca vi segurança em uma academia antes. Só não vou mais lá sozinha — eu disse, virando e descendo a Market Street em vez de ir em direção à minha casa.

— Melhor mesmo, mas e quanto às outras mulheres que vão lá sozinhas? — perguntou Ryan.

— Tem razão. O *Club 24* é seleto e tem uma clientela rica. Quem sabe o que se passa na cabeça desse louco? — Becca disse.

— Ai, meu Deus, posso até imaginar o Brandon tendo que

Tudo o que eu desejo 107

escoltar a Sra. Robinson até o carro todos os dias! — gritei.

— Ele não faria isso com você — Becca disse.

— Também acho que não, Spencer. Mas, hum, aonde vamos? — Ryan perguntou.

— Não faço a menor ideia. Só estava com medo de dirigir direto para casa e Trevor estar nos seguindo.

— Ah, tá, essa foi uma boa ideia — Becca disse.

— Vamos parar em algum lugar e comprar vodka ou algo parecido — Ryan sugeriu.

∽♥♡✑

Conseguimos chegar em casa sem que Trevor nos seguisse — ou assim eu esperava. No mercado, nos abastecemos com duas garrafas de *Grey Goose*, suco de cranberry e *Pretzel Crisps* sabor asa de frango ao molho Buffalo.

Ryan pediu comida chinesa e, enquanto esperávamos, tomei um banho rápido e coloquei o pijama para ficar mais confortável para a nossa festa. Becca e Ryan colocaram seus pijamas também e, quando a comida chegou, nos sentamos à mesa da sala de jantar, bebendo nossas vodkas com cranberry e fazendo o que nós garotas fazemos de melhor: fofocar.

— Oh, meu Deus, Spencer! Já ia esquecendo de contar... Max me falou ontem à noite que o Trav*idiota* e a Misty terminaram! — exclamou Ryan, abrindo o lacre do pote de molho de soja.

— Jura? — Não dou a mínima se eles estavam juntos ou não, mas fiquei curiosa para saber por que terminaram. Esperava que Misty esmagasse o coração dele e depois o arrancasse do peito, jogando-o para bem longe com um taco de beisebol.

— Aparentemente, o Trav*idiota* foi até a casa de Misty uma noite depois que ele ficou trabalhando até tarde e a viu dando um beijo de boa noite num cara na porta de casa.

— Trav*idiota* contou isso ao Max?

De todas as pessoas, por que ele diria justo ao Max, sabendo que a Ryan e eu somos melhores amigas?

— Não, o Trav*idiota* contou ao Joe, que contou ao Max.

Eu sempre soube que homens também fofocam, apesar de eles quererem que nós mulheres acreditemos no contrário. Joe trabalha no mesmo escritório de advocacia que Travis e Max e seria padrinho de casamento do Max; Eu só o encontrei algumas vezes, mas estava começando a gostar mais dele agora que tinha passado essa pequena informação e fez minha noite ainda melhor.

— E o que o Travis fez? — Becca perguntou.

— Bem, Joe disse que o Trav*idiota* acertou a cara do cara e ameaçou dar uma surra nele por ter transado com a garota dele, mas o cara nem sabia que Misty tinha namorado e disse ao Trav*idiota* que ele já estava sendo corneado há várias semanas. Então, ele correu e o Trav*idiota* entrou no carro e partiu em disparada.

— Uau, bem feito pra ele — eu disse, tomando um gole da minha bebida.

— Max disse que as coisas têm estado estranhas no escritório e Misty entrou com aviso prévio.

— Bom, espero que ela não consiga outro emprego tão cedo e, quando conseguir, que seja no *McDonalds*. Então, podemos ir lá e rir na cara dela!

Não sou de guardar rancor, mas daria qualquer coisa para que a vida dela desandasse depois do que ela fez comigo. Não sei se era o efeito do álcool, mas me levantei e fiz uma dancinha feliz. Ryan e Becca se juntaram a mim e rimos ao pensar que o Trav*idiota* recebeu o que merecia.

— Ao destino! — eu disse ao pegar minha bebida e a levantar, fazendo um brinde.

Sentamos de volta, rindo como colegiais, e retornamos ao nosso jantar, que estava de dar água na boca. Se comida chinesa não tivesse um milhão de calorias, provavelmente eu a comeria uma vez por dia.

— Teve notícias de Brandon hoje? — Becca perguntou.

— Não, e você teve de Jason?

— Não, eles devem estar ocupados. Vou enviar um SMS agora.

— Boa, vou enviar um ao Brandon também.

Eu estava tendo um dia divertido com as meninas e, por incrível que pareça, não tinha sentido vontade, até agora, de enviar uma mensagem ao Brandon, mas, assim que Becca falou o seu nome, senti uma saudade louca dele.

Eu: *Oi, amor! A academia já está pronta para a inauguração?*

— Precisamos reabastecer os copos — eu disse ao colocar o celular na mesa, esperando Brandon responder meu SMS. Misturei as bebidas e trouxe a coqueteleira para a mesa para encher os copos. Só nós três já tínhamos bebido quase uma garrafa inteira de *Grey Goose*.

Ryan foi até a sala de estar e ligou o nosso som na música da Pink, *Raise Your Glass* — muito apropriada e com o volume nas alturas. Começamos a dançar com nossas bebidas nas mãos, transformando a sala de jantar na nossa própria pista de dança. Pelo canto do olho, vi a luz do meu celular acender. Peguei-o e vi a notificação de que meu homem tinha respondido o SMS.

Brandon: Oi, amor! A Academia está quase pronta. Queria que já fosse sábado, estou morrendo de saudade! ☹

Eu: Eu sei. Não sei como vou aguentar as próximas duas noites sem você. ☹

Brandon: O que você está fazendo?

Eu: Ryan e Becca estão aqui. Acabamos de jantar e agora estamos dançando e bebendo.

Brandon: Hum! Será que terei sorte de receber mensagens quando você estiver bêbada de novo?

Eu: Quem sabe? Estamos quase na segunda garrafa de vodka.

Brandon: Vocês não vão sair hoje, né?

Eu: Não, elas vão passar a noite aqui. Já estamos até de pijama.

Brandon: Vão fazer guerra de travesseiros também?

Eu: Talvez! Quem sabe a gente até não a faça nuas? :p

Brandon: Quero fotos. ;)

Eu: Ha! Vou pensar no seu caso. É melhor eu voltar para a festa. Te amo!

Brandon: Também te amo. Me ligue amanhã quando acordar.

Eu: Ok.

Tudo o que eu desejo | 111

— Brandon quer saber se vamos fazer guerra de travesseiro — eu disse, voltando para a nossa festinha. *Who Booty*, do John Hart, estava tocando na voz de French Montana.

— Esta música é sugestiva — Ryan disse, girando e dançando.

— Eles precisam melhorar o inglês — Becca disse, rindo. — Eles não querem dizer "Whose booty is it?".

— Isso é censurado pra você — eu disse, rindo.

— O que você disse ao Brandon sobre a guerra de travesseiros? — perguntou Ryan.

— Eu disse que iríamos fazer nuas.

— Deixe-me adivinhar, ele quer um vídeo? — Becca perguntou.

— Ele disse que quer fotos... mas tenho certeza de que gostaria muito mais do vídeo!

— Homens — Ryan disse, balançando a cabeça.

Continuamos nossa festinha, dançando e bebendo, até que acabou a primeira garrafa de *Grey Goose* e partimos para a segunda. Eu estava me sentindo leve, de tanta vodka nas veias, movendo os quadris ao som da música e me divertindo com as meninas.

— Você sabe o que deixaria essa festa do pijama perfeita? — perguntou Becca.

— O quê? — Ryan e eu perguntamos em uníssono.

— Jogar verdade ou desafio!

— Uau, adorei a ideia — eu disse, me jogando na cadeira da sala de jantar, precisando de uma pausa de tanto dançar.

— Ótimo, quem quer começar? — Becca perguntou quando ela e Ryan se juntaram a mim na mesa.

— Eu começo — Ryan respondeu.

— Tá bom. Verdade ou desafio? — Becca perguntou.

— Verdade.

— Deixe-me ver... Você já fingiu um orgasmo?

— Claro, mas não com o Max.

— Com quem? Eu conheço? — perguntei, surpresa.

— Aquele cara, Sean, que namorei no nosso penúltimo ano.

— Não! — eu falei arrastado.

Ryan levantou o dedo mindinho.

— Minúsculo.

— Uau, não é de se admirar que você não ficou com ele por muito tempo — eu disse, gargalhando.

— Eu sei. Nem eu acredito que perdi minha virgindade com ele — disse Ryan e, em seguida, tomou um gole rápido de sua bebida. — Tá bom, Spencer, agora é a sua vez.

— Verdade.

— Você cospe ou engole?

— Você já sabe a resposta.

— Mas eu não — disse Becca.

— Engulo, claro!

— Ah, você é um pacote completo, Spencer, todo homem quer uma engolidora — Becca disse, rindo sem parar.

Normalmente, eu ficaria envergonhada com esse tipo de pergunta. Claro, se fôssemos somente a Ryan e eu, não ficaria, mas eu ainda não conhecia tão bem a Becca. Mas, já que estávamos bebendo, eu estava pronta para contar meus segredos mais profundos, se perguntados.

— Verdade ou desafio? — perguntei, olhando para Becca.

— Desafio!

"Que rápido, já temos um desafio!", pensei por um momento. Imaginei que esse jogo fosse ser só sobre verdade, porque em todas as vezes que o joguei antes — embora, verdade seja dita, nunca na minha vida adulta — garotas sempre optavam pela verdade, porque eram muito covardes para escolherem desafio.

— Vamos lá... Eu te desafio a telefonar para um número aleatório e fingir ter o orgasmo mais incrível da sua vida assim que a pessoa atender.

— E se eu ligar para o Jason? — Becca perguntou, tentando encontrar uma saída.

— De jeito nenhum! Tem que ser uma pessoa que você não conhece. Aqui, me dê seu telefone que vou ligar para um número qualquer — eu disse, estendendo a mão.

— Minha nossa, isso vai ser terrível! — Ryan falou enrolado.

— Acho que ainda não estou bêbada o suficiente para isso — Becca disse, me entregando o celular. Ela se levantou, foi até a cozinha e se serviu de mais um shot de vodka.

— Pronto, toma. Bloqueei seu número para esta chamada.

É só apertar ligar quando estiver pronta — eu disse, entregando o celular a Becca quando ela se sentou na cadeira branca de carvalho da mesa.

Por alguma razão, senti que precisava de um pouco de coragem líquida também. Entrei na cozinha e servi shots para todas nós e os levei à mesa. Viramos juntas, então, Ryan e eu nos viramos para Becca, esperando-a fazer a ligação.

— É estranho que eu esteja nervosa? — Ryan perguntou.

— Estou nervosa também — eu disse, rindo.

— Jesus, assim vocês não estão ajudando! — Becca gritou. Após alguns segundos, ela finalmente disse:

— Tá bem, aqui vamos nós...

Ryan colocou o som no mudo e esperamos em silêncio, com os olhos arregalados, enquanto Becca ligava e depois levava o celular ao ouvido. Ela fechou os olhos, e eu conseguia ouvir o telefone tocando baixinho.

Ryan e eu trocamos olhares, eu mordi o lábio para não cair na gargalhada, e ela cobriu a boca com as mãos. Depois de três toques, ouvi um homem atender.

— Alô?

— Oh, isso, amor, assim, nossa, isso é tão bom! — Becca começou a gemer. — Sim, bem aí... porra, esse é o ponto... não pare... estou quase gozando... ahh, sim, assim... mmmmm... mmmmm... oh, sim, caralho! Assim mesmo! — Becca afastou o celular do ouvido e olhou para a tela, em seguida, o virou pra gente, para nos mostrar que ainda estava ligado.

Gesticulei para continuar, mas ela balançou a cabeça e

Tudo o que eu desejo 115

segurou o riso.

— Foi ótimo! Obrigada, tenha uma ótima noite — Becca disse ao telefone e depois desligou.

Nós três caímos na gargalhada. Lágrimas escorriam pelos nossos rostos e minha barriga começou a doer de tanto rir. Não acredito que Becca realmente fez aquilo.

— Foi incrível! — eu disse.

— Não contem ao Jason! — Becca disse, apontando ameaçadoramente para Ryan e eu.

— Nunca — prometi.

Ryan nos fez mais uma rodada de bebidas e nosso jogo da verdade ou desafio continuou.

— Continuando... Ryan, sua vez de novo — Becca disse a ela.

— Depois de assistir ao seu desafio, acho que vou ficar com a verdade — ela disse, rindo.

— Bem, isso não é divertido, mas, tudo bem, deixe-me pensar... oh, já sei! Qual foi o sonho mais erótico que você já teve?

Ryan corou de vergonha e me olhou estranho.

— Bem, já sonhei fazendo um ménage com Spencer e Max.

— Jura? — eu disse, erguendo uma sobrancelha.

— Sim, sua vez, Spence, verdade ou desafio?

— Ah, não, pode começar a explicar esse sonho — Becca disse.

— De jeito nenhum!

— Ah, qual é, Ry, faz parte do jogo. Não se sinta constrangida — eu disse, tentando convencê-la.

— Tudo bem, mas, se tirar sarro de mim, vou te bater! — Ryan ameaçou. — É claro, não me lembro de todos os detalhes, mas, bem, nós nos beijamos... e enquanto eu fazia sexo oral em você, Max me comia estilo cachorrinho — Ryan disse, virando a cabeça para longe, com vergonha de mim.

— Ry, já sonhei com você também — eu disse, tentando amenizar o embaraço dela.

Durante nove anos, Ryan e eu sempre fomos muito grudadas e, mesmo não sendo bissexual, achava normal ter sonhos assim. Quer dizer, quem mais sabe tudo sobre você? Não se pode controlar os sonhos, e, só porque sonhamos com uma coisa, não significa que é isso que você quer na vida real. Provavelmente, há um significado oculto por trás dele, como um simbolismo de amor próprio, autoaceitação, emoção intensa ou alguma merda do tipo.

— Já? — Ryan perguntou.

— Já, acho que é normal.

— Eu fiz gostoso? — Ryan perguntou, rindo muito.

— Ah, sim, sem dúvida, amorzinho, muito melhor do que Brandon — respondi zombando e pisquei para ela.

— Bom, agora é a sua hora, verdade ou desafio?

Não me lembro exatamente como aconteceu, mas, sob efeito da coragem líquida, minha autopreservação voou pela janela.

— Desafio.

— Minha nossa, nunca imaginei que você escolheria desafio — Ryan disse, batendo palmas.

— Uau, Ryan, é melhor você aproveitar e fazer disso um dia histórico! — Becca disse a ela.

— Não sei se *será* histórico, mas sei que não é do feitio da Spencer.

— Ai, meu Deus, o que é? — perguntei, temendo o que vinha pela frente.

— Te desafio a tirar a calça do pijama e bater uma foto dessa sua "bocetinha" e enviar por SMS ao Brandon.

Ryan estava certa, isso não era do meu feitio. Eu sabia que Brandon iria adorar, mas não era algo que eu normalmente faria. Jamais enviaria uma foto dessas para o Trav*idiota*, provavelmente porque, no fundo, eu sabia que ele não valia a pena. Ou, para minha sorte, ele a teria postado no Facebook depois que terminamos, ou enviaria para todos os amigos dele.

— Tá bom — eu disse ao me levantar e ir em direção ao meu quarto.

— É melhor você fazer mesmo, Spencer! — Ryan gritou enquanto eu caminhava pelo corredor.

— Pode deixar — falei, dando um leve tropeço no corredor.

Não seria tão ruim assim. Definitivamente, seria uma baita surpresa para o Brandon e, só de pensar na cara dele, fiquei superanimada para fazer. Depois de tirar a foto e mandar para o Brandon, coloquei a calça do pijama e voltei para a sala de jantar novamente.

— Pronto, sua vez de novo, Becca — eu disse.

— Ei, como vamos saber que você realmente tirou a foto e mandou para Brandon? — Ryan reclamou.

— *Não* vou mostrar minha "bocetinha".

Ryan bufou e riu ao ver a expressão no meu rosto.

— Você não tem que mostrar a foto, mas você tem que nos mostrar a resposta do Brandon!

— Fechado. — Não tivemos que esperar muito tempo até meu telefone tocar com a resposta dele.

Brandon: Uau, amor, envia mais! ☺

Mostrei a resposta de Brandon a Becca e Ryan e respondi de volta.

Eu: *Mais tarde.* ;)

As meninas me provocavam e me incentivaram a enviar mais mensagens ao Brandon. Não queria sair da sala e elas saberem o que eu ia fazer, então esperei até que fôssemos para a cama. Ainda jogamos verdade ou desafio por mais ou menos uma hora, então Becca e Ryan desmaiaram nos dois sofás na sala de estar.

Capítulo Dez

Quando dizem que o álcool é a coragem líquida, não estão brincando. Entrei no quarto e, silenciosamente, fechei a porta, tirei o pijama e deslizei para debaixo dos lençóis de algodão da minha cama. Angulei o celular em cima de mim, tirei uma foto dos meus seios e rapidamente enviei para Brandon com um emoticon de sorriso. Em menos de um minuto, meu celular se iluminou; Brandon estava me chamando no *Facetime*.

— Oi — eu disse, atendendo o celular timidamente.

— Oi, linda. Amei suas novas fotos — ele disse, sorrindo.

— Ah, gostou, né?

— Adorei. Onde estão as garotas?

— Dormindo — eu disse com um sorriso malicioso.

— Ah, é mesmo? O que fez você me enviar aquela primeira foto?

— Estávamos jogando verdade ou desafio e elas me desafiaram a fazer isso.

— Bem, terei que agradecê-las, no sábado. Então, por que recebi uma foto bônus agora?

— Não sei... pensei que você pudesse gostar.

— E como adorei!

— Sério?

— Claro. Quero ver mais.

— O que você quer ver? — perguntei, corando.

— Hmmm, deixe-me ver... — Pensou por uns instantes. — Primeiro, quero ver você acariciar os seios e brincar com os mamilos até ficarem bem duros — ele disse com aquele sorriso de molhar calcinha.

— Tá bom — disse, sem fôlego, passando a mão sobre meu seio direito e, em seguida, dando uma leve beliscada no mamilo.

— Agora, tire o lençol e deslize lentamente a mão pelo estômago, parando na boceta.

Lentamente, afastei o lençol do meu corpo. O ar frio e a expectativa deixaram meu corpo todo arrepiado. Fui descendo suavemente a mão pela minha barriga plana, me aproximando do meu centro enquanto virava o celular para longe do meu rosto.

— Amor, você não faz ideia do quanto isso está me excitando nesse momento. — Ouvi Brandon dizer. — Enfie um dedo dentro — ele disse quando minha mão alcançou minha entrada.

Baixei a mão que estava segurando o celular e o posicionei sobre os lençóis amontoados no meu pé, deixando o ângulo perfeito para Brandon poder ver minha boceta. Deitei de costas, apoiada no cotovelo esquerdo, para eu conseguir ver a tela do celular, então enfiei o dedo do meio no centro das minhas dobras molhadas, deslizando lentamente para dentro.

— Você também está se tocando? — perguntei.

— Porra, amor, como não estaria? Estou aqui morrendo de tanto tesão observando você se masturbar.

— Deixe-me ver.

Brandon virou o telefone para baixo, na direção de seu longo e liso pênis. Sentia-me ficar mais molhada por vê-lo se masturbando. Mergulhei o dedo mais fundo na boceta, já totalmente excitada.

— Não consigo segurar o celular para te ver enquanto você me vê, mas preciso te ver — ele disse.

— Tá bom — ofeguei.

Inclinei a cabeça para trás, no travesseiro, de forma que eu já não conseguia mais ver o celular. Só conseguia ouvir Brandon trabalhando seu comprimento, o líquido pré-ejaculatório lubrificando a mão dele, causando um som escorregadio. Meu dedo continuou estocando meu núcleo, o som da minha boceta molhada começando a sobrepor o som de Brandon trabalhando o pênis dele. Acariciei um dos mamilos com a mão livre, deixando-o duro.

— Brinque com o clitóris.

Deixei escapar um gemido quando meu polegar desenhou círculos no meu clitóris pulsante. Minha outra mão torceu levemente meu mamilo enrugado. Sentia o calor subindo pelo meu corpo, me aproximando cada vez mais do orgasmo.

— Deixe-me te ver de novo — disse, levantando a cabeça do travesseiro e olhando para baixo, para o celular que estava entre minhas pernas flexionadas. A visão de Brandon se masturbando rapidamente me fez retesar e me levou à beira do clímax.

— Minha nossa, como eu queria você dentro de mim agora — gemi, minha cabeça caindo de volta no travesseiro.

Coloquei outro dedo dentro e continuei pressionando levemente meu clitóris com o polegar. Fechei os olhos, minha mente só repetindo a imagem de Brandon se masturbando.

— Amor, já estou excitado desde que você enviou a primeira foto, não sei se consigo me segurar por muito mais tempo — ele disse entredentes.

— Eu também não vou demorar pra gozar.

Minha boceta estava tão encharcada que eu podia sentir meu corpo começar a atingir o ápice quando meu polegar circulou o clitóris.

— Vou gozar! — gemi alto quando meu corpo estremeceu. Levantei um pouco a cabeça e peguei um vislumbre do rosto de Brandon na tela do celular olhando para minha boceta. Os olhos dele se voltaram para os meus, então ele virou o celular na direção do pênis, no exato momento em que seu esperma branco esguichou, escorrendo pela mão, enquanto ele ordenhava até a última gota.

෨♡෨

Acordei na manhã seguinte com poucas horas de sono. O dia mal havia começado e eu já queria que terminasse. Sabe quando você deseja muito alguma coisa e torce para o tempo passar depressa, mas, quando está temendo algo, reza para ele nunca passar e ele parece correr mais depressa do que você quer? Bem, foi exatamente isso que aconteceu comigo. Sexta-feira pareceu uma eternidade para acabar, e, sinceramente, pensei que o sábado jamais chegaria.

Tentei me manter ocupada arrumando as coisas para passar o fim de semana em Seattle enquanto assistia na TV a um canal de variedades. Até superaqueci o Wii de tanto me exercitar com o zumba; sem chance que eu voltaria à academia sozinha enquanto Trevor ainda estivesse rondando por lá.

Mesmo com as horas passando lentamente, a manhã de

sábado finalmente chegou. Becca e eu pegamos um táxi para o aeroporto de São Francisco para embarcamos. Quando pousamos, nos apressamos para pegar as malas, quando vi Brandon e Jason esperando pela gente, perto da esteira. Becca e eu corremos até eles e fomos envolvidas pelos braços de nossos homens. Secretamente, desejei que, se Brandon e eu ficássemos juntos por tanto tempo, ainda tivéssemos a faísca que Becca e Jason tinham.

Nossas malas finalmente saíram na esteira e andamos para fora, onde tinha uma limusine à nossa espera.

— Uau, limusine? — perguntei.

— É, o hotel nos ofereceu — Brandon respondeu.

— Bem, nós não somos especiais? — perguntou Becca, rindo.

Quando saímos do aeroporto, olhei pela janela e fiquei maravilhada com a quantidade de verde — havia muitas árvores onde quer que eu olhasse. Depois de meia hora de carro, chegamos ao hotel e, após o check-in, decidimos nos refrescar e sair para passear: ir de monotrilho conhecer o *Space Needle* e almoçar por lá.

Chegando ao *Space Needle*, tiramos uma foto no caminho dos elevadores que nos levariam até o deck de observação, onde se via toda Seattle. Enquanto subíamos, o ascensorista apontou onde teria sido a casa de *Frasier Crane*, se ele realmente tivesse vivido em Seattle. Parecia uma mansão de quatro andares — nada como imaginei que Frasier viveria, dada a perspectiva do show.

Brandon e eu tiramos mais fotos no deck de observação com a bela cidade de Seattle ao fundo e depois trocamos de lugar com Becca e Jason para eles fazerem o mesmo.

Passeamos pela plataforma por um bom tempo e depois

almoçamos no restaurante *SkyCity*, que fica um andar abaixo.

— Podemos voltar à noite? — perguntei.

— É mesmo, deve ser tão bonito — Becca disse.

— Claro! — Jason disse, dando um tapinha na perna de Becca por baixo da mesa e Brandon balançou a cabeça, concordando.

Depois do almoço, voltamos de monotrilho ao hotel e combinamos com Becca e Jason para nos encontrar para jantarmos. Ryan e Max também se juntariam a nós, já que chegariam ao final daquela tarde.

Brandon e eu nos aninhamos na cama king size para assistir TV e peguei no sono poucos minutos depois. Eu não vinha dormindo bem há duas noites, desde que Brandon viajou. Adorava adormecer em seus braços, à noite, e temia suas viagens de negócios. Felizmente, não havia mais nenhuma planejada para um futuro imediato. Ele e Jason estavam trabalhando na abertura de mais uma academia, mas seria em Palo Alto, que fica do outro lado de São Francisco..

༄༅༥༡༄

Acordei com o meu celular tocando. Virei de lado para pegá-lo e vi que era Ryan.

Brandon protestou quando me afastei, me puxando de volta para ele, ficando de conchinha novamente.

— Alô — eu disse, atendendo o celular, bocejando.

— Oi, acabamos de desembarcar. Quais são os planos de hoje?

— Jantar e depois ir ao *Space Needle* outra vez.

— Outra vez?

— Sim, fomos lá mais cedo, mas queremos voltar à noite.

— Legal. Bem, me envie o número do seu quarto por SMS que vamos encontrá-los aí.

Assim que desligamos, mandei uma mensagem para Ryan com o número do quarto. Coloquei o celular de volta na mesa de cabeceira e me virei, colocando a cabeça no peito de Brandon.

— Hora de nos prepararmos para o jantar — eu disse.

— Quero voltar a dormir. Esse foi o melhor sono que tive nos últimos dias — ele disse, envolvendo-me firmemente em seus braços.

— Eu sei, mas Ryan e Max estarão aqui em mais ou menos meia hora e tenho certeza de que Becca e Jason estão esperando para jantar também.

— Tá bom, vamos lá, então — ele gemeu e, em seguida, beijou o alto da minha cabeça, desgrudou de mim e levantamos para nos arrumar..

༄༅༅༄

Quarenta minutos depois, Ryan e Max estavam batendo à nossa porta. Fui pegar a bolsa enquanto Brandon abria a porta. Encontramos com Becca e Jason no lobby e fomos andando até o restaurante que ficava a alguns quarteirões do hotel.

— Spencer te contou que aquele cara, Trevor, estava do lado de fora da academia na quinta-feira, quando as meninas foram lá? — Jason perguntou a Brandon depois de fazermos nossos pedidos e o garçom se afastar.

— Não, ela esqueceu — Brandon disse franzindo o cenho, me

olhando com uma sobrancelha levantada.

— Desculpe, esqueci mesmo — eu disse, encolhendo os ombros.

— O que ele fez? — Brandon perguntou.

— Nada. Estávamos indo para o meu carro depois de passar o dia no SPA e ele estava de pé encostado na parede, em frente de onde estacionei.

— Eu não o vi — disse Becca.

— Nem eu — disse Ryan.

— Assim que ele percebeu que eu o vi, desapareceu. Provavelmente voltou para dentro da academia, mas não ficamos lá para descobrir.

— Então, agora ele sabe qual é o seu carro? — Brandon perguntou.

— Sabe — respondi, lamentando.

— Amor, não estou tentando te controlar, mas prefiro que você não vá mais sozinha lá. Essa é a segunda vez que você o viu rondando a academia — Brandon disse, apertando levemente minha perna debaixo da mesa.

— Eu sei e também não quero. Ele está me assustando — eu disse e tomei um gole do meu cosmo.

— Isso é muito estranho — Ryan disse. — Nós o conhecemos meses atrás em Vegas, não aqui.

— Espero que ele esteja lá na quarta-feira. Quero saber qual é a dele — Brandon disse.

— Somos dois — disse Jason.

— Spencer, quer que eu te consiga uma ordem de restrição? — Max perguntou.

— Alegando o quê? Ele não fez nada de fato. Só está *sempre* aparecendo.

— Podemos pedir baseado no *sempre*. Nunca se sabe o que um juiz pode ordenar e em que base — Max disse.

— Nem sei o sobrenome dele.

— Bem, da próxima vez que o vir, chame a polícia. Então, conseguiremos uma ordem de restrição.

— É, da próxima vez — eu disse, suspirando pesadamente.

— Vou buscá-la no trabalho a partir de agora — Brandon disse, colocando sua cerveja na mesa depois de tomar um gole.

— Isso é ridículo. Não faço ideia de por que ele está me perseguindo. Não sou famosa nem nada. Mal falei com o cara. Tudo o que fizemos foi dançar em Vegas. Eu só... só não entendo — eu disse, mergulhando uma *tortilha chips* no molho de espinafre.

— Eu sei, também não faço ideia, mas estarei atento a qualquer cara que fique rondando por lá, do lado de fora, e vou te buscar no trabalho todos os dias — Brandon disse, determinado.

— Ótimo, mal comecei a dirigir meu carro novo para ir trabalhar. — Fiz uma cara azeda.

— Spence, é melhor prevenir do que remediar — Ryan disse, dando um tapinha na minha mão.

— Meu amor, vamos fazer isso por algumas semanas e ver o que acontece — Brandon disse.

— Por que não contratamos um segurança? — Becca perguntou, olhando de Jason para Brandon.

— Não é uma má ideia — Jason concordou.

— Também seria bom no caso de ele estar atrás das mulheres em geral — disse Becca.

— Vou começar a ver isso na quarta-feira quando voltarmos, mas ainda vou te buscar no trabalho até contratarmos um — Brandon disse, olhando para mim.

— Tá bom — suspirei.

Não conseguia acreditar que aquilo estava acontecendo. Ryan e eu tínhamos usado nossos personagens "Vegas", Courtney e Megan, várias vezes. Acho que era só uma questão de tempo até sermos pegas — bem, pelo menos eu fui. Pensei que, depois de ter dito a Trevor que eu tinha um namorado, ele pegaria a dica e me deixaria em paz. Em Vegas, dei a ele um número falso. Ele já deveria ter entendido, não?

Depois do jantar, fomos novamente de monotrilho ao *Space Needle*. Os ingressos que compramos mais cedo com Jason e Becca davam direitos a serem usados de dia e à noite, por isso, enquanto nós quatro esperamos Ryan e Max comprarem os deles, tiramos mais fotos. Quando eles se juntaram a nós, tiramos uma do grupo todo antes de subirmos até o deck de observação.

As luzes de Seattle brilhavam ao nosso redor enquanto andávamos pela plataforma. Depois de alguns minutos apreciando a vista, Brandon e eu caminhamos até o quiosque de fotos e enviamos para nós mesmos as fotos que foram tiradas pelo fotógrafo do andar de baixo. A foto do grupo era, sem dúvida, para ser emoldurada e postada no Facebook.

Depois de cansar de admirar a linha do horizonte de Seattle, entramos no monotrilho e voltamos para o hotel, não sem antes pararmos numa sorveteria. Peguei-me bocejando algumas vezes e fiquei agradecida por Becca e Ryan também quererem encerrar a noite depois de terminarmos nossos sorvetes. Ri de mim mesma, quando me dei conta de que era sábado à noite e eu não consegui sequer aguentar passar das onze; todos deveriam estar desfrutando da vida noturna de Seattle, mas tudo o que eu queria era ir para a cama e adormecer aconchegada nos braços de Brandon.

Dormimos até tarde na manhã seguinte, já nos preparando para a longa noite que vinha pela frente. Encontramos o pessoal para o *brunch* e depois fomos caminhando até o *Pike Place Market*. Compramos cafés na primeira loja Starbucks, aberta em 1971, demos uma volta no mercado onde paramos e assistimos a um artista de rua que dançava com três bambolês e equilibrava uma guitarra no queixo, enquanto tocava outra — isso é o que eu chamo talento nato.

Depois de ter ficado hipnotizada pelo talentoso guitarrista com habilidades em bambolês e equilíbrio impecável, vimos os peixes voadores por vários minutos. Toda vez que eu via algo na TV sobre Seattle, o peixe voador era mencionado. Sempre quis ver os peixes sendo arremessados de um lado para o outro, entre os peixeiros, à espera de serem colocados numa cama de gelo ou quando eram vendidos. Era quase como estar no circo.

Depois das nossas aventuras turísticas, voltamos ao hotel para nos arrumarmos para a festa de Réveillon. Coloquei meu vestido tomara-que-caia de tule cinza justo e brilhoso, sandálias de saltos com tiras douradas, que combinavam com as lantejoulas, e ondulei meu cabelo castanho-escuro. Depois de me maquiar, virei para sair do banheiro e parei abruptamente.

Brandon estava vestindo um terno preto risca de giz com uma

camisa preta e uma gravata dourada. Nunca o tinha visto de terno antes e fiquei sem fôlego. Seu olhar capturou o meu pelo espelho do armário enquanto ajustava a gravata, então ele se virou.

— Uau, eu sabia que seria difícil manter meus pensamentos impertinentes sob controle esta noite, amor, mas, caramba, você está tão linda e sexy — ele disse.

— Obrigada — respondi, mordendo o lábio enquanto o olhava da cabeça aos pés. — Também não tenho certeza se serei capaz de manter os meus próprios pensamentos impertinentes sob controle. — Brandon deu dois passos largos até mim, segurou meu rosto com ambas as mãos e reivindicou meus lábios. — Ei, vai estragar minha maquiagem — reclamei alguns segundos depois, quando interrompi o beijo.

— Você terá que refazê-la — disse ele, me beijando novamente.

— Não, não temos tempo — protestei.

Brandon gemeu.

— Eu não sei se consigo esperar até meia-noite.

— Bem, terá que esperar. Temos uma festa para ir — eu disse, mostrando a língua. Dei um passo atrás para voltar para o banheiro, mas Brandon agarrou meu pulso e me puxou para ele novamente. Sua ereção perfeitamente pressionada no meu púbis.

— Esses saltos que você está usando são da altura perfeita — ele disse, olhando para eles, e depois de volta aos meus olhos.

— Posso sentir. — Ri.

Brandon me beijou mais uma vez, depois deu um tapa na minha bunda.

— Se apresse e vá retocar a maquiagem antes que eu mude de ideia e te coma aqui mesmo na porta do banheiro.

༄༅༅༄

Nós seis entramos no salão de festas do hotel no qual estávamos hospedados. Já devia ter pelo menos umas cem pessoas quando chegamos. Alguns estavam na fila do buffet, outros esperando em algum dos bares e outros já na pista de dança.

Paramos e posamos para uma foto, depois fomos à procura de uma mesa para comer, antes de dançarmos a noite toda. Os homens foram buscar bebidas no bar enquanto olhávamos a movimentação no salão. A pista de dança era iluminada por luzes estroboscópicas de um lado ao outro. O salão estava decorado com balões pretos e dourados e cada mesa tinha uma variedade de cornetas de plástico em diversas cores.

Eles voltaram com as bebidas; ficamos todos sentados à mesa comendo e bebendo, observando as pessoas.

— Hora de ir dançar — disse Ryan, puxando o braço de Max.

— Ainda não estou bêbado o suficiente — Max respondeu, sem se mexer da cadeira.

— Spencer? — Ryan chamou, se virando para mim com as mãos nos quadris.

— Tá bom, vamos lá. Becca?

— Isso aí, vocês mulheres vão dançar e a gente fica observando — Jason disse.

— Exatamente, vamos — Becca disse, bebendo o resto do seu champanhe.

Dei um beijinho casto nos lábios de Brandon e me virei para

ir em direção à pista de dança. Nos espremimos num lugar no final da pista onde podíamos ver facilmente os rapazes, e eles, a gente. Alegres e sorridentes, dançamos várias músicas em círculo, apenas nos divertindo. Depois de muitas músicas tocadas, todas fizemos gestos para os rapazes virem dançar com a gente, mas eles recusavam e sussurravam um para o outro e tomavam goles de cervejas enquanto nos observavam dançar.

A remix da música *Get Sleazier*, de Ke$ha tocou enquanto agitávamos os quadris num círculo ao ritmo da música.

Ryan se posicionou à minha frente, de costas para mim, e Becca atrás, e continuamos nos movendo, nossos quadris em sincronia. Peguei um vislumbre dos rapazes — todos nos olhavam. Ryan esfregava a bunda em mim e, quando a olhei, vi que ela também estava olhando para eles enquanto dançava.

Becca colocou as mãos nos meus quadris e imaginei que ela muito provavelmente também estava olhando para eles. Dando-lhes um show, continuamos a nos esfregar enquanto Ke$ha cantava sobre não precisar do *Mercedes-Benz* novinho em folha de alguém. A música mudou para *Yeah!*, cantada por Usher, Lil John e Ludacris e continuamos a dançar um pouco mais apertadas.

Quando Usher cantou as palavras sobre uma garota provocando um cara para vir dançar com ela na pista de dança, gesticulei para Brandon se juntar a nós. Para minha surpresa, os três se levantaram e andaram em direção à pista de dança. Interrompemos nossa dança, e cada uma foi para os braços do seu homem.

Assim como em Vegas, Brandon posicionou seus quadris com os meus. Suas mãos em volta da minha cintura, enquanto as minhas circulavam seu pescoço, até que nada separava nossos corpos, apenas as roupas. Brandon se inclinou até ficar próximo ao meu ouvido para que pudesse dizer:

— Eu não vou parar até te ver como você veio ao mundo.

Joguei a cabeça para trás, rindo dele por citar a música. Ele riu também, então me beijou rapidamente nos lábios. A música estava tão alta que não tinha como eu responder e ele me ouvir se eu não parasse de dançar para ficar na ponta do pé e lhe dizer que esperava que ele não parasse até que eu estivesse nua. Brandon de terno estava me deixando louca e me fazendo querer pular nele aqui mesmo na pista de dança, sem nem pensar ou me importar que houvesse centenas de pessoas ao nosso redor.

Justo na hora que eu estava pronta para fazer uma pausa, o DJ começou a tocar a música *Down on Me*, de Jeremih e 50 Cent. Meu olhar se ergueu até Brandon. Será que ele se lembra que essa foi a primeira música que dançamos? O sorriso que se espalhou em seus lábios confirmou — ele lembrou.

— Essa é a minha música favorita — ele disse no meu ouvido.

— Minha também — eu disse. Não sei se ele me ouviu, mas sorriu e me beijou novamente.

Logo que começou a batida de Jeremih, Brandon me virou, assim como na primeira vez que dançamos essa música. Conforme esfregava a bunda nele, pude senti-lo começar a ficar excitado. Ele afastou meu cabelo para o lado e beijou meu ombro, deixando meu corpo suado todo arrepiado.

O calor de sua boca roçou minha pele quando ele falou no meu ouvido:

— Desta vez, vou te levar comigo pra *você* cuidar da minha ereção. — Suas palavras me fizeram contrair meu baixo ventre. Rebolei mais ainda na ereção dele quando sua mão direita envolveu minha barriga, parando no meu púbis úmido, me puxando mais para ele.

Olhei de relance para os nossos amigos, mas estavam todos curtindo suas danças, sem prestar atenção em mais ninguém, assim como o resto das pessoas. Luzes multicoloridas se moviam sobre nós, mas deixavam a pista na penumbra, não nos permitindo enxergar quase nada, apenas corpos balançando no ritmo da música.

Virei-me em seus braços, nossos corpos pressionados firmemente juntos, ainda balançando no ritmo da música. Peguei a mão dele e a deslizei estrategicamente para baixo entre nós, colocando-a entre minhas pernas enquanto minha outra mão ia para a parte de trás de seu pescoço. Olhando para cima, em seus olhos, fiz que sim com a cabeça, o encorajando. Um sorriso malicioso se espalhou por seu rosto quando ele deu um curto passo para trás e começou a puxar para cima a frente do meu vestido, que era acima do joelho. Sua mão lentamente escorregou entre nossos corpos por debaixo do meu vestido, aumentando meu tesão quando senti seus dedos levemente acariciarem minha pele sensível.

— Você não está usando calcinha? — Brandon perguntou no meu ouvido. Balancei a cabeça confirmando. Mesmo eu tendo ganho no pôquer, queria surpreendê-lo. — Acho que você está querendo me matar antes do Ano Novo — disse ele, curvando-se novamente para eu poder ouvi-lo sobre a música alta.

Eu não estava só sem calcinha, mas também tinha feito depilação brasileira após ser convencida por Becca. Quando Brandon descobriu isso na noite passada, ele não conseguia tirar as mãos e boca de mim.

Nosso olhar se prendeu quando seu dedo deslizou para

dentro e seu polegar começou a circular meu clitóris. Meus quadris mexiam com a música, seguindo o ritmo do polegar dele enquanto meu corpo se aproximava cada vez da liberação. Brandon curvou-se, me beijando. Nossas línguas duelavam, então, ele me puxou mais apertado para ele e apressadamente deslizou outro dedo para dentro, começando a enfiar e a tirar.

Suor deslizava pelas minhas costas e brilhava na testa dele à medida que o calor do meu corpo aumentava, construindo meu clímax. Minha mão foi até o pênis duro dele, por cima da calça, e comecei a esfregá-lo, fazendo-o gemer na minha boca e apertar minha bunda, me enviando ao limite e fazendo meu corpo desabar ao redor de seus dedos.

Voltando do meu êxtase, desaceleramos quando a música terminou. Brandon tirou a mão, me beijou mais uma vez e, em seguida, pegou minha mão.

— Vamos embora *agora* — ele rosnou com necessidade.

Assenti, mas então o DJ anunciou que a contagem regressiva para o Ano Novo seria em cinco minutos.

— Ah, mas temos que ficar agora — eu disse, olhando em seus olhos famintos.

— Merda! Tá bom, mas, depois da contagem regressiva, vamos embora para o nosso quarto.

— Combinado — disse, me inclinando para beijá-lo castamente.

— Você deveria esperar até meia-noite. — Ouvi Ryan dizer.

Olhei por cima do ombro de Brandon.

— O quê?

— Para beijar, ainda faltam uns quatro minutos.

— Ah — eu disse, sorri e dei de ombros.

Um garçom apareceu com uma bandeja de champanhe. Todos nós pegamos uma taça e ficamos de pé, bem juntinhos, esperando a queima de fogos. Brandon envolveu seu braço em mim e recostei em seu peito, descansando a cabeça enquanto balançávamos lentamente ao ritmo da última música do ano, *Good Life*, do One Republic.

Um telão gigantesco na cabine do DJ exibia a Times Square enquanto a bola começava a descer. Permanecemos ali, de pé, observando a bola e ouvindo Ryan Seacrest explicando que a primeira bola tinha caído há cento e oito anos. Todo mundo começava a contagem regressiva quando o cronômetro chegava a dez segundos para meia-noite.

— Dez... nove... oito... sete... seis... cinco... quatro... três... dois... um... Feliz Ano Novo!

Auld Lang Syne tocava enquanto nos beijávamos e fazíamos "tim-tim" com nossas taças, brindando o Ano Novo, esperando que "velhos conhecidos fossem esquecidos" — especialmente Christy.

Depois de brindarmos com nossos amigos, Brandon e eu escapamos para longe da multidão. Tirei meus saltos e fomos rapidamente para os elevadores. A demora era interminável e nossos hormônios estavam em ebulição. Finalmente ele chegou e Brandon me guiou pelo cotovelo para dentro do elevador vazio, pressionando depressa o botão "Fechar porta". Deixei escapar um gemido quando ele me pressionou contra a parede, me beijando ferozmente enquanto subíamos até o sexagésimo andar.

Brandon e eu não conseguimos dormir muito, já que voltamos para o quarto pouco depois da meia-noite. Seja como for, eu o desejava, e ele a mim. Lentamente, nos arrumamos para encontrarmos Jason e Becca no restaurante do hotel para o café da manhã, antes de irmos para a academia. A academia abriria às sete e eles queriam estar lá caso algo desse errado.

A inauguração da academia foi um enorme sucesso. Brandon e Jason ofereceram cortesia de um mês para quem se inscrevesse na academia antes do meio-dia. Vimos um monte de gente que parecia que só tinha tido poucas horas de sono e parecia estar de ressaca — assim como nós. Ben, o empreiteiro e sua esposa, Allison, vieram para a inauguração também para se certificarem de que estava tudo em ordem.

Depois que tudo estava sob controle, e Brandon e Jason sentiram que a nova equipe de Seattle poderia lidar com o funcionamento da academia, nós seis nos divertimos no nosso último jantar antes de irmos para casa na manhã seguinte.

Capítulo Onze

— Recebemos outra oferta no apartamento — Brandon disse assim que entrei no carro dele, depois do trabalho. Já fazia mais de duas semanas que tínhamos voltado de Seattle. Ele e Jason contrataram alguns seguranças para cuidar do lugar e ficarem atentos às pessoas suspeitas. Que eu saiba, Trevor não tinha voltado à academia e eu esperava que ele estivesse assustado por agora ter segurança lá.

— Ah, que bom, e era o que você queria? — perguntei, afivelando o cinto de segurança depois de lhe dar um beijo rápido.

— Na verdade, está acima do preço de mercado.

— Ah, é?

— É — ele disse, sorrindo.

— Você vai aceitar?

— Já aceitei — disse ele, pegando minha mão e a beijando. — Agora precisamos começar a procurar o *nosso* cantinho.

— Podemos comprar um lugar onde poderemos ter um cachorro? — perguntei, sorrindo de volta para ele.

— Podemos comprar o que você quiser, amor.

Nunca tinha procurado casa antes. Ryan e eu passávamos muitos sábados assistindo programas de decoração e paisagismo na HGTV, como o *Househunters*, que é destinado a quem está à procura de um imóvel, e o *Property Virgins*, que é um reality show que retrata experiências de pessoas que acabaram de comprar seus imóveis, e sempre conversávamos sobre como seria nossa "casa dos sonhos" e como pensávamos iguais. Eu sabia o que gostava e queria, mas nunca me vi comprando uma casa em São Francisco, por causa do alto custo de vida.

— E vamos começar nesse fim de semana. O corretor que está vendendo o apartamento tem algumas casas pra gente olhar.

— Casas? Apartamentos não?

— E por que não? Você prefere apartamento?

— Não, apenas imaginei que compraríamos apartamento por ser o que você tinha antes.

— Eu morava em apartamento porque era solteiro, mas, agora que eu tenho você, quero uma casa para que possamos torná-la *nossa*.

Virei a cabeça na direção dele e o olhei fixamente. Isso estava mesmo acontecendo? Tanta coisa tinha mudado nos últimos cinco meses. Ryan e Max iam se casar. Eu já não morava com Ryan e quase não a via. Estava vivendo com um homem e agora conversava sobre comprar um imóvel; comprar uma casa juntos era um grande passo. Talvez ele só quisesse dizer que eu iria ajudá-lo na escolha, mas meu nome não estaria na escritura.

— Tá bom — eu disse nervosa.

— *Tá bom*?! O que foi?

— Nada, é só... é que só estamos juntos há cinco meses, e agora você quer comprar uma casa juntos. O que quero dizer é que... e se um dia, numa manhã, você acordar e se arrepender?

— O quê? Por que eu me arrependeria?

— Eu não sei. Parece que isso está acontecendo um pouco rápido demais. — Senti um nó na garganta enquanto lutava contra as lágrimas que já sentia arder nos olhos.

— Preste atenção no que vou dizer, amor — Brandon disse, estacionando na vaga reservada dele no estacionamento da academia. — Você é como o queijo do meu macarrão ou o creme do meu café. Eu não posso ficar sem você e não vou me arrepender de comprarmos uma casa juntos. Eu te amo muito e nada nunca vai mudar isso. Por favor, não duvide do que sinto por você ou de qualquer uma das minhas intenções. E, para que conste, nunca me senti assim com qualquer outra mulher ou namorada.

— Ok — eu disse, limpando uma lágrima do rosto e sorrindo para o homem que eu amava.

Brandon era inteligente. Ele sabia o que estava fazendo e parecia sempre fazer a coisa certa quando se tratava do futuro dele, fosse nos negócios ou no amor.

— Agora, vamos trabalhar naquele movimento que você vai postar no Facebook e no Twitter amanhã no trabalho — ele disse, estendendo a mão para a porta.

Agarrei o braço direito dele para detê-lo. Ele me olhou com um olhar interrogativo no rosto.

Sem falar nada, inclinei-me sobre o console central do *Range Rover*, agarrei o rosto dele e o trouxe até o meu.

— Eu também te amo... mais do que qualquer coisa no mundo.

ꙮ

Encontrei com Ryan, a mãe dela, Paula, e suas damas de honra, Tania, Kris, Veronica, Whitney e Virginia, na loja de noivas no sábado, antes do dia dos namorados. Nos sentamos em sofás macios e exuberantes, bebendo champanhe enquanto assistíamos Ryan experimentar vários vestidos. Estávamos tendo nosso próprio episódio do reality show *Say Yes to the Dress*, mas sem as câmeras.

Eu conhecia as damas de honra de Ryan há tanto tempo quanto ela. Ryan e eu conhecemos Tania na faculdade. Ela era alguns anos mais velha do que a gente e tinha duas das crianças mais adoráveis que eu já vi. Ela se mudou da Austrália para os Estados Unidos no último ano do ensino médio, mas ainda tinha sotaque. Nunca queira conhecer o lado *ruim* dela.

Ryan e eu conhecemos Veronica quando fomos damas de honra da Tania. Assim como Tania, Veronica tinha sotaque, mas era um sotaque sulista e eu não conseguia me acostumar com ela sempre nos dizendo que estava "arrumando" para ir fazer alguma coisa. Eu brincava com ela perguntando: "O que você está arrumando?". Quando nós quatro nos juntávamos num ambiente, era imprevisível o que poderia acontecer. Adorávamos também seguir e comentar fotos dos modelos gostosos do Facebook. Claro que não considerávamos perseguição, mas uma forma de arrebatar mais fãs para eles.

Virginia era de Nova York e prima de Ryan, e, assim como nós, adorava livros de romance erótico e modelos gostosos. As filhas de Tania e Virginia tinham se tornado amigas virtuais depois de se conhecerem na festa de noivado de Ryan. Achei muito legal as filhas delas se tornarem amigas, mesmo morando em lados extremos do país.

Kris e Whitney eram amigas de Ryan da firma de contabilidade em que trabalhavam juntas. Eu não as conhecia tão bem quanto as outras meninas, mas as duas eram pessoas agradáveis e atenciosas.

E, desde que elas não sacaneassem a Ryan, eu estava feliz. Whitney parecia ter um coração de ouro e sempre falava o que vinha à cabeça, mesmo que ofendesse as pessoas, e era isso que eu adorava nela. Ela se adaptou bem com Ryan e eu. A personalidade de Kris era semelhante à de Whitney, já que ela sempre parecia dizer o que pensava, e provavelmente deve ser por isso que elas se dão tão bem. Ela tinha um senso de humor sarcástico e algumas das expressões faciais mais engraçadas que já vi.

O primeiro vestido de noiva que Ryan experimentou era um meia-manga todo branco, com saia rodada e realçado com pérolas na metade superior. Antes que Ryan chegasse ao pedestal, a mãe dela já tinha expressado sua opinião.

— Não... o próximo.

— Você nem sequer olhou de perto — Ryan disse a Paula.

— E nem preciso. Próximo!

Ryan se virou e voltou para o provador e nenhuma de nós disse uma palavra. Eu também não gostei do vestido, mas não ia me meter entre elas. Acabou que Paula não gostou de um monte de vestidos. Ryan experimentou vestidos de princesa, de sereia, e até olhamos vestidos de baile de formatura não tradicionais.

Um dos vestidos sereia que Ryan experimentou era transparente na parte de cima. Pensei que Paula fosse enfartar, mas acho que Ryan só estava tentando sacaneá-la. A parte transparente era feita de renda e não havia nenhum material por baixo. Eu tinha certeza de que ela não usaria um vestido tão revelador no próprio casamento. Ryan experimentou vestido após vestido antes de começar a ficar impaciente e irritada. Enquanto ela descansava depois do oitavo vestido, a vendedora trouxe o vestido de dama de honra que Ryan escolheu.

— Espero que todas gostem do vestido que eu escolhi. Se não gostarem, podemos olhar outra coisa para que possamos escolher juntas.

A vendedora levantou o vestido que Ryan escolheu para a gente. Era de chiffon de seda verde ervilha na altura do joelho e com um decote em V que se juntava a um cinto grosso trançado, na mesma cor verde ervilha.

— Ry, você sabe que eu te amo, mas, por favor, me diga que não é essa a cor do vestido! — exclamei superpreocupada de ficarmos parecidas com vômito de bebê.

— Não! Ainda não decidi a cor, mas, de qualquer forma, acho que as cores do casamento serão rosa e verde, mas esse tom de verde é horrível.

Ouvi o resto das meninas relaxarem em volta de mim e algumas sussurraram "Graças a Deus!". Não sei nem o que eu faria se Ryan tivesse dito que seria essa cor. Surpreendentemente, todas nós gostamos do vestido, até mesmo Paula.

Depois de descansar, Ryan retornou ao provador para experimentar mais vestidos. Após uns dez minutos, ela saiu com o nono vestido. Todo mundo ficou mudo e fiquei emocionada e com lágrimas nos olhos, quando olhei para Paula e a vi chorando. Ryan caminhou lentamente até o pedestal na frente de uma fileira de espelhos, em um vestido com saia rodada de renda com uma faixa rosa clara larga envolvendo perfeitamente a cintura. Quando ela se virou para subir no pedestal, vimos a parte de trás do vestido, que era em V com botões em tecido branco que ia do meio das costas até um pouco abaixo do bumbum.

— E então? — Ryan perguntou, nos olhando pelo espelho.

— Eu adorei! — exclamou Paula.

— Até que enfim — Ryan sussurrou baixinho.

— E você, o que achou, Ry? — perguntei.

— Acho... — ela pensou por um momento, se virando para o espelho, observando mais detalhadamente — acho também que ele é *o vestido*!

Corremos até ela, envolvendo-a com abraços e aplaudindo animadamente. O vestido era perfeito. Tiramos várias fotos dela para guardar o momento.

— Adorei esse detalhe rosa — Whitney disse.

— Eu também — disse Virginia, passando a mão pela cintura de Ryan, onde a faixa rosa a envolvia.

— Ah, e que tal essa cor para os vestidos de dama de honra? — perguntei.

— Adorei essa cor, Ryan — disse Paula.

— Eu também — Ryan disse, batendo palmas.

Depois de escolher nossos acessórios, almoçamos em um restaurante mexicano, pedimos jarras de margaritas com a comida e começamos a planejar o chá de panela de Ryan. Paula concordou que podíamos fazer na casa dela, em Atherton, já que a lista de convidados rapidamente cresceu para quase cinquenta mulheres. Felizmente, todas as damas de honra se ofereceram para me ajudar nos preparativos por causa da quantidade de convidados.

— Então, Spencer, quando você e Brandon vão se casar? — Paula perguntou do nada, quase me fazendo engasgar com minha margarita de limão.

— Hum, nós ainda não conversamos sobre isso.

— Ryan me contou que ele está morando lá na casa com você?

Ryan me disse que os pais dela não se importaram com a mudança de Brandon e que realmente gostavam dele. Aparentemente, ele causou uma boa impressão quando os conheceu no noivado de Ryan e Max. Paula estava me deixando nervosa. Ela ia colocar Brandon e eu para fora da casa dela?

— Sim, ele está — eu disse, meus olhos correndo para Ryan e lhe dando um olhar de "que porra é essa?".

— Tenho certeza de que ele vai te pedir em casamento logo — Paula disse, sorrindo e fazendo meu coração bater novamente.

— Oh, pode ser que ele te peça em casamento no dia dos namorados! — Ryan disse.

— Isso é meio clichê — Kris disse, rindo.

— É verdade — Whitney disse, rindo com ela.

— Eu duvido mesmo é que me peça em casamento logo. Só estamos namorando há seis meses — protestei.

— Jerry me pediu em casamento seis meses depois que começamos a namorar e estamos casados há cinco anos — disse Tania.

— E Casey me pediu em casamento sete meses depois que começamos a namorar — disse Veronica.

— Vocês estão me deixando nervosa! — eu disse, tomando um grande gole da minha margarita.

— Você não quer se casar com ele? — Virginia perguntou.

— Claro que quero. Mas ainda é cedo. — Elas estavam certas? Brandon vai me pedir em casamento? Já estávamos vivendo juntos e procurando casa para comprarmos juntos. Não conseguia mais imaginar minha vida sem ele. Eu estava preparada para dizer sim?

— Acho que eu devia fazer as unhas — eu disse com uma risada nervosa.

ᔆᔆ♡ᔆᔆ

Nas semanas seguintes, Brandon e eu olhamos inúmeras casas. Dentro da faixa de preço, vimos algumas casas muito boas, mas até agora nada que nos agradasse. Pensei até em sugerir que comprássemos a casa onde morávamos atualmente, que era dos pais da Ryan, mas mantivemos nossa procura. Kristen, nossa corretora de imóveis, nos garantiu que encontraria a casa perfeita para a gente e pediu para sermos pacientes porque, segundo ela, comprar uma boa casa podia demorar um pouco.

Depois de muitas semanas de procura, encontramos a casa... nossa casa. Dirigimos cerca de quarenta minutos até Kentfield, bairro localizado nos arredores de São Francisco. Estacionamos numa casa contemporânea de dois andares com varanda de madeira e garagem para dois carros. Assim que estacionamos na garagem e vi o jardim bem cuidado, foi amor à primeira vista. Era exatamente como sonhei que seria minha primeira casa.

— Acho que já estou apaixonada — disse, desafivelando o cinto de segurança.

— Sim, é realmente linda. Vamos esperar e ver por dentro.

Brandon e eu encontramos Kristen nos degraus da frente.

— Bem, o que acharam até agora? — Kristen perguntou.

— Parece muito bem conservada — Brandon respondeu.

Eu não queria falar porque não sabia se devia me comportar do mesmo modo quando se vai comprar um carro. Ao comprar um carro, se deve fingir que não está tão interessado, mas, poxa, eu *realmente* queria essa casa.

— Esperem até ver o interior. Acho que vocês vão realmente adorá-la — Kristen disse. — Ela tem quatro quartos, três banheiros, sancas, tetos abobadados... bem, vou deixar que vocês vejam — ela disse, abrindo a porta da frente.

Entramos no hall de entrada com uma grande escadaria à nossa frente. Desde que vi a casa dos pais de Ryan e a vi descendo usando o vestido de formatura, desejei o mesmo para os meus filhos. Eu nem precisava ver o resto da casa para saber que esta era a casa dos meus sonhos; simplesmente parecia a escolha certa.

Do outro lado da parede da escada, era a sala de estar principal, que tinha uma lareira com borda de mármore bege e cornija branca. Todo o andar de baixo era em piso de madeira de lei e a cozinha tinha bancadas de granito bege, armários de carvalho claros e eletrodomésticos de aço inox.

Acho que o que fez Brandon bater o martelo foi quando entramos no quarto principal. Era enorme, tinha os tetos abobadados e dois closets — dele e dela... ou apenas dela.

— Onde você vai colocar suas roupas? — brinquei.

— Qual closet você quer?

— Os dois — respondi com um sorriso malicioso.

— Sem problema, eu fico com o armário do corredor — Brandon disse, rindo comigo.

— Bem, agora que já resolvemos isso, olhe essa vista.

O quarto principal tinha uma vista incrível para as montanhas da redondeza. Era tranquila e de tirar o fôlego. Brandon e eu trocamos olhares, então, ao mesmo tempo, assentimos com a cabeça. Ele chamou Kristen e dissemos que íamos fazer uma oferta.

❧♡☙

— Ei, Spencer, Carroll e eu vamos comer uma salada no café do final da rua. Quer almoçar com a gente? — Bel perguntou da porta do meu escritório.

— Claro — respondi, pegando a bolsa. — Vamos ver se Amanda e a Sue querem vir também.

Sue estava presa numa reunião com Skye, mas Amanda concordou em ir junto e nós quatro descemos a rua até o café. Estava um lindo dia em São Francisco e sair do escritório para tomar ar fresco era exatamente o que eu precisava. Meu estômago estava em nós. Eu ia preparar um jantar para o Brandon no dia dos namorados naquela noite e não parava de pensar nas especulações de Ryan e Paula sobre ele me pedir em casamento.

— Eu seguro essa mesa se você puder comprar uma salada caesar com frango pra mim — Amanda disse, ainda do lado de fora do café.

— Sem problema — eu disse. Amanda tentou me entregar o dinheiro, mas recusei. — Eu pago. Esse é meu ressarcimento por todo o café e donuts.

Bel, Carroll e eu tínhamos acabado de colocar nossos pedidos no balcão quando uma colônia familiar invadiu meu nariz. *Não!* Virei-me lentamente, olhando para o chão e meus olhos encontraram um par de sapatos marrons, seguido por uma calça marrom clara, e então lentamente subiram até um paletó combinando e uma camisa branca, destacada por uma gravata lavanda. Meus olhos, então, encontraram os olhos verdes do meu passado.

— Oi, Spencer — ele disse.

— Travis — cumprimentei friamente com um aceno de cabeça.

— Que bom te ver. Como você está?

Francamente, não conseguia entender por que Travis achava que eu iria querer falar com ele. Havia tantas outras coisas que eu preferiria estar fazendo na minha hora de almoço do que falar com esse mentiroso traidor de merda.

— Estou bem, muito bem, na verdade. — Fiz uma pausa, relutando em perguntar de volta como ele estava.

— Spence, a comida está pronta — disse Carroll, salvando o dia.

— Ótimo! Foi bom te ver, Travis, mas preciso almoçar e voltar para o escritório. Você sabe, só tenho uma hora — eu disse com um leve sorriso, pedi licença e me virei já andando para fora.

— Se cuida, Spence — ele disse. Olhei por cima do ombro e assenti.

Saí porta afora e todas as atenções estavam em mim. Eu não falava com o Trav*idiota* desde o dia em que ele destroçou meu coração quando o peguei com a Misty no escritório dele. Não podia afirmar o que foi pior: lutar para não morrer nas mãos de uma louca de merda, fugir do perseguidor-bizarro-Trevor ou me deparar com o Trav*idiota* e ser forçada a trocar gentilezas quando tudo o que queria fazer era chutá-lo no saco.

Sentei-me à mesa, ao ar livre, de costas para a porta. Não queria vê-lo quando saísse. Na verdade, nunca mais queria vê-lo novamente, ponto. Mesmo eu estando loucamente apaixonada por Brandon, ver Trav*idiota* ainda me afetava e me deixava de mau humor.

— Argh, odeio esse cara! — eu disse, me jogando na cadeira de ferro forjado. Peguei o celular e mandei um SMS para Ryan.

Eu: Acabei de encontrar o merda do TravIDIOTA!

— Essa é a primeira vez que você o vê desde que terminaram? — Amanda perguntou.

— Não, o vi há alguns meses, quando eu estava com Brandon e Ryan. Brandon foi até ele e não sei exatamente o que foi dito, mas Brandon me disse que agradeceu a ele por ser um idiota — eu disse, colocando meu celular em cima da mesa.

— O que ele disse agora? — Bel perguntou.

— Ele disse que era bom me ver.

— Só isso? — Amanda perguntou, dando uma garfada na salada.

— É, e então Carroll salvou meu dia. Não sabia o que dizer a ele.

— Que esquisito — Bel disse, arrastando a palavra.

— Shh, lá vem ele — disse Amanda, fazendo com que eu retesasse imediatamente as costas.

Meu celular vibrou na mesa, era Ryan respondendo minha mensagem. Não me dei nem ao trabalho de virar para ver o Trav*idiota* saindo, mas o vi pelo meu rabo de olho direito, enquanto lia o SMS de Ryan.

Tudo o que eu desejo 153

Ryan: QUÊ?!! ONDE?? OMG, me liga depois do trabalho!

— Vou trazer marmita para o trabalho a partir de agora — eu disse em tom de brincadeira, colocando meu celular de volta na mesa.

※※※

Liguei para Ryan logo que saí do trabalho e contei a ela sobre o meu rápido encontro com o Trav*idiota*. É claro que, de todos os dias, tinha que ser logo hoje, justo no dia dos namorados. *Humpf*! Olhando pelo lado positivo, de alguma forma, consegui convencer Brandon de que eu não precisava ir à academia depois do trabalho, então saí alguns minutos mais cedo e fui até o mercado comprar as coisas para o nosso jantar especial.

No nosso primeiro encontro, Brandon mencionou que o prato preferido dele era costelas. Eu nunca tinha feito costelas antes, mas achei várias receitas no site do canal *Food Network* e finalmente optei por fazer uma receita do Bobby Flay, costela com cobertura de mel e mostarda, que eu poderia fazer no forno. Afinal, Bobby Flay era o rei do churrasco da *Food Network*, e, embora eu fosse fazer as costelas no forno, não tinha dúvida de que ficaria delicioso.

Corri para a casa e comecei a preparar o tempero enquanto o forno pré-aquecia. Verifiquei o relógio e vi que eu tinha mais ou menos meia hora antes de Brandon chegar em casa. Não existia a menor chance de eu conseguir esconder que estava preparando seu prato favorito; assim que ele entrasse em casa, descobriria.

Coloquei as costelas no forno e comecei a descascar as batatas para a salada, quando ouvi o carro de Brandon entrando na garagem. Joguei rapidamente as batatas na água para ferver e ele entrou.

— O que quer que você esteja fazendo, cheira divinamente, amor — ele disse, entrando na cozinha.

— Estou fazendo seu prato favorito... bem, pelo menos, tentando. Estou fazendo costelas, só que no forno.

— Tenho certeza de que vai estar delicioso — ele disse, me abraçando por trás e colocando um buquê de rosas na frente do meu rosto.

— Você me comprou rosas vermelhas?

— É claro! Não é isso que se faz no dia dos namorados?

— Já ouvi falar... Mas essa é a primeira vez que eu as recebo — eu disse, sorrindo toda boba.

— E essa é a primeira vez que eu as dou.

— Nunca?

— Bem, não, nunca não, mas é a primeira vez que dou no dia dos namorados.

— Ah, entendi, obrigada, amei — eu disse, me virando em seus braços e o olhando nos olhos.

Brandon inclinou meu queixo para cima e me beijou ligeiramente.

— E eu te amo. Agora, se apresse e faça o meu jantar, mulher. Eu lhe trouxe flores!

— Ei, pode parar — eu disse, batendo em sua bunda.

— Não, agora falando sério, você precisa de ajuda?

— Claro, você pode cortar o aipo e a cebola — eu disse, apontando para o balcão.

Coloquei as rosas na água e voltei para cuidar das batatas, que já estavam fervendo, enquanto Brandon picava os legumes. Estava tudo perfeito, e, mesmo que eu quisesse fazer o jantar para Brandon, apreciei o fato de ele ajudar.

— Uau, amor, essas costelas estão fantásticas — ele disse, lambendo os dedos.

— Estão mesmo, né?

O jantar acabou por ser bastante surpreendente. Eu nunca tinha feito costelas assadas, mas elas ficaram realmente muito boas.

— Agora é a hora do seu presente — ele disse, se levantando da mesa.

— Pensei que as rosas fossem o meu presente.

— Hmm, não... — ele disse com uma risada.

Brandon foi em direção ao corredor e depois voltou para onde eu estava sentada, à mesa da sala de jantar, com uma pequena caixa de veludo preto na palma da mão, fazendo meu coração quase parar. Oh, meu Deus, isso...? Ele vai mesmo me pedir em casamento? Eu já estava pronta para dizer sim?

Hesitei por um momento, antes de estender a mão.

— Você não devia ficar sobre um joelho ou algo parecido?

— O quê? — Brandon perguntou, rindo nervosamente. — Oh, não é um anel.

— Ah — sussurrei. Não sei ao certo se fiquei triste ou aliviada.

— Você queria que eu te pedisse em casamento hoje à noite?

— Eu... eu não sei.

— Porque é dia dos namorados? — Brandon perguntou, ainda segurando a caixinha de veludo preto.

— É, Ryan e a mãe dela colocaram essa ideia na minha cabeça no outro dia. Desculpe — eu disse, estendendo a mão para a caixa.

— Meu amor — disse ele, se ajoelhando em um joelho. Meu coração disparou. Puta merda, ele ia me pedir em casamento, mesmo depois de ter simulado que não ia? — Oh, não, não — ele disse quando viu a expressão do meu rosto, ficando de pé novamente. — Amor, não vou te pedir em casamento *hoje*, mas isso não significa que mais à frente eu não peça, só não preciso de um feriado para isso. Quero fazer o pedido quando for o momento certo.

— Você quer casar comigo?

— Claro que quero! Como eu disse outro dia, nunca me senti assim com nenhuma outra mulher ou namorada. Não consigo nem imaginar minha vida, meu futuro, sem você nele. Então, sim, mais à frente vou te propor casamento, mas não por sugestão de uma festividade.

— Certo — eu disse, estendendo a mão para aliviar o clima.

Brandon me entregou a caixinha de veludo. Levantei a tampa e não era um anel, mas, puta merda, era a segunda melhor coisa!

— Oh, meu Deus, brincos de diamantes?

— Sim, sei que os seus são de zircônia cúbica e você os usa o tempo todo. Achei que estava na hora de um "upgrade", então comprei os verdadeiros.

— Você realmente precisa parar de me mimar. Não sabe

que deve ir devagar e aumentando com o passar dos anos? — provoquei, rindo.

— Vou me lembrar disso.

Levantei rapidamente da cadeira e passei os braços em volta do pescoço dele, beijando-o intensamente.

— Eu te amo!

— Também te amo.

— Agora é a sua vez.

— Você me comprou algo também?

— Claro, seu bobo — eu disse, indo em direção ao nosso quarto. — Já volto. — Peguei a caixa de sapato que eu tinha embrulhado com papel festivo de dia dos namorados, decorado de corações, e voltei para a cozinha. — Aqui — eu disse, entregando a ele.

Brandon rasgou o papel e, em seguida, levantou a tampa da caixa. Quando viu o que tinha dentro, arregalou os olhos com descarada satisfação masculina. E soltou um assobio.

— Você fez fotos sensuais?

— Fiz.

— Quando?

— Há algumas semanas quando você estava no pôquer.

— *Uau* — ele disse, começando a abrir o álbum.

A primeira foto era uma em que eu estava sentada numa cadeira de encosto alto, que cobria a maior parte da frente do meu corpo. Meus braços estavam em cima do encosto e minhas pernas escancaradas no assento. Os dedos dos pés pressionavam no chão em uma pose sexy e eu parecia estar nua.

— Amei — ele disse, virando para a foto seguinte.

Nas duas próximas fotos, eu estava de sutiã e calcinha de renda branca. Para essa pose, o fotógrafo estava posicionado em cima de mim enquanto eu estava deitada meio de costas meio de lado, os quadris virados um pouco para a direita, as pernas dobradas e minha cabeça e olhos voltados para cima, para atrás, como se eu estivesse olhando sobre os ombros. Já na outra foto, eu estava de quatro na cama, meu cabelo jogado no ombro direito enquanto olhava para a câmera, com um leve sorriso, o fotógrafo estava angulado à minha esquerda, capturando os meus seios.

Na última foto, eu usava um espartilho rosa e preto com meia preta sete oitavos, presa num corset. Eu estava sentada numa chaise lounge verde, com as pernas apoiadas no assento e o braço direito descansando sobre a cabeça enquanto eu olhava para além da câmera, com um leve sorriso sexy no rosto.

— Nunca vi você usar qualquer uma dessas lingeries — Brandon disse, ainda olhando para a última foto.

— Ainda. Comprei todas elas do fotógrafo e também são a outra parte do seu presente. Não gostou?

— *Não gostei*?! Porra, amor, eu amei — Brandon disse, fechando o álbum e se levantando. — Agora, vá colocar aquela rosa e preta — ele disse, batendo na minha bunda e então apontou em direção ao quarto.

Capítulo Doze

Cheguei à casa dos pais de Ryan duas horas antes de começar o chá de panela, assim, teria tempo de sobra para arrumar tudo. Era um belo dia ensolarado de meados de março, por isso decidimos fazer a festa do lado de fora, em volta da piscina. Contratei um serviço de buffet porque eu sabia que não havia a menor chance de ter tempo de fazer comida suficiente para cinquenta pessoas e ainda decorarmos tudo.

As cinco damas de honra da Ryan chegaram aproximadamente uma hora mais tarde e todas começamos a trabalhar, umas arrumando as mesas com guardanapos verdes e rosas em vasos de cristal, enquanto outras penduravam lanternas de papel branco por todo o quintal, perto da piscina.

As convidadas começaram a chegar logo depois que Ryan chegou. Assim que cada uma entrava, uma das damas de honra colocava um cartão de identificação com o nome de uma celebridade em suas costas. Conforme as convidadas iam se misturando, elas encontravam seu companheiro celebridade.

Depois de comermos, fizemos o tradicional jogo "vestido de noiva de papel higiênico" e Ryan escolheu a vencedora. Alguns eram realmente bons e criativos, enquanto outros eram realmente horríveis e mal feitos. Em seguida, fomos todas para a sala de estar comer bolo, enquanto Ryan abria os presentes.

— Ah, é tão macio — Ryan disse, abrindo um conjunto de dois roupões de veludo branco ele e ela.

— Você não tinha ainda, né? — Kathy, uma amiga da mãe de Ryan, perguntou.

— Não, eu adorei. Com certeza vamos usá-los na nossa lua de mel.

Entreguei a Ryan a próxima caixa a ser aberta.

— Esse cheiro é tão bom — ela disse, ao abrir o óleo de massagem dado pela Kris. — E também virá a calhar na nossa lua de mel. — Kris sorriu e piscou para ela.

Passando para o próximo presente, Ryan exclamou:

— Caramba, esse é enorme! — Quando ela desembrulhou, levantou um enorme relógio de parede branco e cromado, dado pela Whitney. — Não faço ideia de onde vou colocá-lo, mas tenho certeza de que ele vai se encaixar em algum lugar.

A próxima caixa que Ryan abriu era um liquidificador da marca *Cuisinart*.

— É tão moderno e vistoso!

— Nem imagino onde eu posso colocar isso. — Ryan pensou em voz alta ao abrir um vaso de cristal dado por Heather, uma amiga dela.

Ryan continuou a abrir uma infinidade de presentes, como lingeries, álbum para colocar fotos do casamento e da lua de mel, toalhas, uma panela elétrica de arroz, porta-retratos e várias outras coisas. Depois de abrir o último presente, eu disse a Ryan que tínhamos escrito as reações dela enquanto abria cada um dos presentes.

— Então, Ryan, isso é o que você vai dizer em sua noite de núpcias — eu disse, ao receber a lista das mãos de Virginia. — *Ah, é tão macio — esse cheiro é tão bom — caramba, esse é enorme! — não faço ideia de onde vou colocá-lo, mas tenho certeza que ele vai se encaixar em algum lugar — é tão moderno e vistoso —* e por último, mas não menos importante — *nem imagino onde eu posso colocar isso.*

Depois que todo mundo parou de rir e o rosto de Ryan voltou à cor normal, as convidadas interagiram entre si por mais ou menos meia hora antes de irem embora, deixando a bagunça da festa para limparmos. Mesmo estando completamente exausta, fiquei satisfeita de o chá de panela da Ryan ter sido um sucesso.

⁌⊙♡☙⁋

— Pronta para ir para a *nossa* casa? — Brandon perguntou enquanto andávamos até o carro depois de assinar a escritura da casa.

Tínhamos feito uma oferta na última casa que olhamos depois de nos apaixonarmos por ela e, felizmente, foi aceita. Após uma espera de trinta dias pelo processo de empréstimo para fechar o negócio, eu ainda não conseguia acreditar que finalmente éramos os proprietários. Corremos para o carro e dirigimos por cerca de quarenta minutos até Kentfield, antes mesmo que a tinta estivesse seca nos documentos. Mesmo sem mobília, íamos nos mudar no fim de semana, mas, naquele momento, só queríamos ver a *nossa* nova casa.

Bateu um friozinho na barriga quando nos aproximamos da casa às escuras. Tínhamos acabado de comprar uma casa que seria nossa... não dele, nem minha, nem a casa que eu dividia com Ryan, mas a nossa casa, juntos. A nossa casa que nem o Trav*idiota* e a Christy nunca tinham visto e era um novo começo para a gente e um grande passo no nosso relacionamento.

Estes últimos meses vivendo juntos tinham sido muito, muito

bons. Não fiquei entusiasmada com a viagem para o trabalho, mas Brandon e eu decidimos ir sempre num só carro. Ele não tinha problema em me buscar no trabalho para malharmos juntos, e então ir para casa depois. Acho até que ele preferia que fosse assim, pois ainda havia a questão do Trevor, que permanecia sem solução. Quartas-feiras seriam o único dia em que eu iria sozinha, já que era a noite de pôquer dele e, honestamente, isso não me incomodava.

— Ei, o que você está fazendo? — gritei quando Brandon me carregou no colo depois de abrir a porta da frente.

— Estou te levando pra dentro.

— Acho que isso deveria acontecer na nossa noite de núpcias.

— Não, acho que os homens também devem fazer isso quando se compra uma casa nova juntos.

— Ah! Tá bom, se você está dizendo... Continue — eu disse gesticulando.

Brandon me levou no colo para dentro da casa silenciosa até passar o limiar da porta. Todos os móveis tinham sido retirados desde a última vez em que estivemos aqui e fizemos uma vistoria final. Eu estava superansiosa para me mudar de vez e trazer as nossas coisas em dois dias. Brandon tinha vendido o apartamento com os móveis dentro, já que não queria qualquer memória de Christy, e, francamente, muito menos eu.

Tínhamos comprado uma nova cama king size, que ia ser entregue no sábado. Minha cama velha vinha para um dos quartos de hóspedes, e, embora Brandon pudesse pagar por móveis novos, decidimos trazer os que Ryan nos deu da casa que moramos juntas, já que ela e Max não precisariam. Sendo assim, podíamos ir comprando aos poucos as coisas que nós dois gostássemos e gradativamente a deixaríamos com a nossa cara.

Fomos de cômodo em cômodo, apenas verificando a casa, ainda não acreditando que era nossa de verdade.

— Eu, sem dúvida, amei a cozinha — disse quando entramos nela.

— Eu também. Na verdade, acho que esse deve ser o primeiro lugar a ser batizado — disse ele, vindo por trás e envolvendo os braços em volta de mim.

— Batizar, né?

— Exatamente, e começando tipo... agora — ele disse, deixando beijos pelo meu pescoço.

Mesmo o menor toque de Brandon sempre incendiava meu corpo todo. Acendia algo tão profundamente em mim que eu imaginava que nunca me cansaria. Um simples beijo me fazia querer parar o que eu estivesse fazendo e devorá-lo.

— Fechado — disse, girando em seus braços.

Brandon me carregou até a ilha de cozinha e me sentou no granito frio. Segurando meu rosto, ele avançou a língua na minha boca, explorando-a lentamente como se nunca tivesse me beijado antes.

— Você me faz o homem mais feliz do mundo — Brandon disse, ao interromper o beijo.

— Você está tentando entrar na minha calça, Sr. Montgomery? — perguntei, dando-lhe um olhar brincalhão.

— Não, porque eu posso entrar na sua calça sempre que eu quiser, Srta. Marshall — disse ele, começando a desabotoá-la.

Inclinei-me para trás me apoiando nas mãos, enquanto o observava desabotoar e abrir o zíper da minha calça, o que me fez morder o lábio inferior, em expectativa. Chutei a sandália para longe e levantei os quadris do granito para facilitar para ele deslizar a calça jeans e a calcinha juntas pelas minhas pernas em um movimento suave, até cair numa pilha no chão. O granito estava frio na minha bunda e me arrepiei toda.

Nossa casa ficava do lado frio. Durante o dia, no final de março, a temperatura normalmente era muito agradável, mas a casa estava fria por estar vazia e o aquecedor, desligado. Abri um enorme sorriso, olhando diretamente nos olhos dele quando ouvi o zíper sendo aberto. Eu amava esse homem mais do que tudo no mundo e acabamos de comprar uma casa juntos. A casa que eu queria começar uma família com ele — a casa na qual poderíamos envelhecer juntos — a casa que chamaríamos de *nosso lar*.

— O que foi? — Brandon perguntou ao se inclinar e me olhar nos olhos.

— Nada, só estou feliz.

— Eu também — ele disse, beijando meus lábios suavemente.

Ele pegou um preservativo do seu esconderijo na carteira, o qual ele substitui toda semana, se não diariamente. Deslizou a calça pelos quadris até os joelhos, tirou a camisinha da embalagem e a deslizou em seu pau já totalmente ereto. Abri as pernas o suficiente para ele se aproximar ainda mais de mim e as prendi em volta da cintura dele.

Levantei os quadris alguns centímetros para fora do balcão para dar acesso mais fácil à minha vagina molhada. Assim que ele entrou totalmente em mim, deitei as costas no granito, facilitando o deslizar para trás e para frente, minhas pernas ainda em volta de seus quadris. Apertei a borda do balcão acima da cabeça quando ele se inclinou para baixo, levantando minha blusa até acima dos seios e deslizou o bojo do sutiã para baixo, para chupar meu mamilo.

Ele deu pancadinhas de leve no meu mamilo com a língua, me fazendo sibilar de prazer. Tudo o que ele fazia com o meu corpo era com pleno conhecimento de causa, como se fôssemos feitos um para o outro, como se fôssemos duas peças de um quebra-cabeça que se encaixavam e se moviam em perfeito sincronismo; sabíamos o que o outro gostava, o que nos enviava ao extremo, em plena felicidade.

Levei as mãos aos cabelos castanhos e sedosos dele, puxando-o cada vez mais para mim. Conforme meu corpo se aproximava do orgasmo, sentimentos e sensações se construíam, como uma montanha-russa que lentamente subia ao topo, onde tombaria com a força total de um foguete em puro êxtase.

Agarrei a cabeça de Brandon e a levantei do meu mamilo enrugado. Olhando diretamente em seus olhos, ofegante eu disse:

— Eu te amo.

— Também te amo, meu amor — ele disse ao se inclinar para baixo para colar os lábios nos meus, girando a língua pela minha boca, enquanto continuava a deslizar para dentro do meu centro. Eu gemia de prazer, sentindo cada investida bater bem fundo em mim.

Ele se endireitou, ficando reto, e pegou minha perna esquerda, a desvencilhando de seu quadril. Elevando-a ao ombro, ele aumentou os golpes, estocando cada vez com mais força dentro de mim, fazendo a minha montanha-russa chegar ao topo e me enviando sobre a borda. Retesei e suguei seu pênis. Depois de mais quatro estocadas rápidas, ele retesou e explodiu na camisinha dentro de mim.

Permanecemos ali parados, incapazes de nos mover por algum tempo. A cabeça dele repousava no meu seio enquanto a nossa respiração voltava ao normal. Fiquei acariciando seus cabelos úmidos até ele finalmente sair de mim. Quando tirou a camisinha, me deu um olhar interrogativo.

— O que foi? — perguntei.

— Não temos lata de lixo aqui ainda — ele riu.

— Não teria necessidade de uma agora se você não insistisse sempre em usar camisinha.

Imediatamente me arrependi do tom que usei na minha declaração. Não queria ter sido tão ríspida. Estávamos namorando, e, droga, vivíamos juntos há meses e eu tomava pílula há anos.

— Você está certa — ele disse, deu um nó na camisinha e a devolveu ao pacote, e ao seu bolso.

Não tocamos mais no assunto. Pulei da bancada e coloquei a roupa, depois continuamos andando pela *nossa* casa.

Capítulo Treze

— Oi! Preparada para sua festa de despedida hoje à noite? — perguntei a Ryan quando ela atendeu ao telefone.

— Estou. O que vamos fazer mesmo?

— Bem, como te disse antes, eu e as meninas alugamos uma suíte no Westin. Vamos pedir o jantar e depois fazer algum jogo com bebidas, não importa qual. Passo pra te buscar lá pelas seis da tarde.

Ryan tinha me dito que não queria ir a uma boate, o que foi ótimo, porque Becca e eu contratamos um stripper para ela. Ela implorou e suplicou para não fazermos nada com o tema pênis, nem colar, nem tiaras, nem canudos, ou qualquer coisa nesse formato. Mal sabia ela que ia usá-los, mas não em público.

Alugar uma suíte de hotel foi a melhor coisa. Nós mulheres poderíamos beber o quanto quiséssemos sem ter que nos preocupar em ir para casa em segurança. Todo mundo poderia relaxar e se divertir à vontade, em vez de uma pessoa ter que permanecer sóbria e ser a motorista designada. Claro que não teria camas suficientes para todas, mas, quando se está bêbada, o chão pode ser seu melhor amigo.

— Sem dúvida, adorei essa ideia, Spence. E, lembre-se, nada de apetrechos de pênis.

— Só se casa uma vez.

— Spencer, eu não quero usá-los.

Tudo o que eu desejo   169

— Todo mundo vai usar também. Isso é o que se faz numa festa de despedida de solteira. Você tem sorte que não terá que usar em público. Poderia ser pior. Além disso, eu fiz um bolo de pênis, sabor baunilha, então você vai comer um pênis hoje à noite também — eu disse, rindo e me divertindo com a minha afirmação.

— Eu comi um pau ontem à noite — Ryan disse, rindo comigo.

— Ah! Bem, aposto que o meu será mais gostoso.

— Também aposto que vai.

Depois de rirmos bastante, eu disse a Ryan que precisava me arrumar para que conseguisse chegar até às seis horas para buscá-la. As damas de honra ficaram encarregadas da decoração e eu precisava fazer o check-in, já que o quarto estava reservado no meu nome.

Brandon, Jason e Max iam passar o dia andando de bicicleta nas montanhas e mais tarde também iam fazer uma festa de despedida de solteiro para o Max. Eu tinha uma intuição de que eles iam a um clube de strip, embora Brandon tivesse dito que não. Não me importaria se fossem — se bem que eles indo ou não, isso seria o óbvio. Todos os rapazes nos disseram que iam passar a noite na casa de Max jogando pôquer, mas que talvez contratassem uma stripper para ir até lá mais tarde.

Embalei o bolo pênis e várias decorações que comprei e os coloquei no carro. Depois de pegar a bolsa que fiz para passar a noite fora, entrei no carro e fui para o hotel Westin me encontrar com Becca e as meninas que estariam esperando por mim no lobby. Eu estava extremamente animada. Minha melhor amiga de dez longos anos ia se casar em um mês e há anos vínhamos conversando sobre o planejamento de nossos casamentos e festas de despedida de solteira.

Sempre achei que Ryan preferiria ir a Vegas e se acabar em algumas das boates de lá. Não sei por que ela mudou de ideia, mas estava tudo dando certo. Sobrou para mim, ter que levar todas para Las Vegas na minha despedida de solteira, quando quer que fosse acontecer. Eu sabia que Brandon ia me pedir em casamento, só não sabia quando. Só estávamos namorando há oito meses, mas já tínhamos discutido sobre casamento várias vezes, sobretudo depois que começamos a viver juntos.

— Vamos nessa — eu disse, virando-me para as meninas depois de receber os cartões-chaves da recepcionista.

Empurramos nossos três carrinhos de transportar bagagem até os elevadores e, assim que entramos na suíte, começamos a desembalar todos os enfeites. Veronica pegou logo os balões em formato de pênis e distribuiu um pouco para cada uma e começamos a enchê-los.

— Esse é o primeiro pênis que coloco na boca em muito tempo — Kris disse, tentando controlar o riso.

— Garota, esse é o maior pênis que eu já vi nos últimos tempos — Whitney disse, nos fazendo rir mais ainda.

Continuando as piadas de pênis, Tania disse:

— Eu não vejo tantos paus juntos há muitos anos.

— Nossa, quando você viu tantos paus juntos antes? — Veronica perguntou, rindo.

— No Facebook, quando Sarah postou aquelas trinta fotos de paus no aniversário de 30 anos da Amanda.

— É verdade, eu me lembro disso. Tinha tantos paus no meu rosto naquele dia — Virginia disse entre risos.

— Eu não devia estar online naquele dia. Não me lembro de ver isso — eu disse. — Só me lembro do Shrek e, desde então, tenho até medo de rolar por aquelas fotos de pênis.

— Shrek? — Becca perguntou.

— É a foto de um pênis enorme que assustou a todas nós — Tania disse, rindo novamente.

— Somos um bando de loucas — disse Veronica.

— Somos, mas damos boas gargalhadas e estamos todas aqui para o que der e vier também. Como se fôssemos irmãs ou algo parecido — eu disse, justamente no momento em que estourou um balão, assustando todo mundo.

— Desculpe — disse Whitney.

— Assoprou com muita força? — Kris perguntou, nos fazendo rir novamente.

Continuamos fazendo piadas de pênis e terminamos de encher todos os balões. As meninas ficaram e terminaram de decorar quando os fornecedores chegaram para iniciar a arrumação da comida para nossa noite, enquanto saí para ir buscar a futura noiva.

൙♡൙

— Nervosa? — perguntei a Ryan enquanto andávamos até o elevador para subir para a suíte.

— Não, deveria estar?

— Não sei.

— O que você fez?

— Não fiz nada — eu disse, erguendo as mãos em defesa.

— Spence, eu te conheço muito bem. Você vai mesmo me fazer usar coisas com pênis, né?

— Quem sabe? — respondi. O elevador apitou e as portas se abriram.

— Ah, Spencer!

— Vamos lá, todas vão estar usando e, além do mais, não vamos sair em público, como eu já te disse — falei, puxando o braço dela.

Tania e Veronica nos receberam na porta enfeitadas de pênis. Veronica colocou uma faixa de pênis na cabeça de Ryan e Tania, um colar de pênis no pescoço dela, então Virginia se aproximou e entregou a Ryan um copo de vodka cranberry com um canudo em formato de pênis. Todas tinham colares e canudos de pênis, mas Ryan era a única sortuda a ter dois pênis na cabeça como se fosse uma antena alienígena.

— Não acredito que vocês estão me fazendo usar essas merdas! — Ryan disse.

— Olha que podíamos ter feito algo pior, como camisa com desenhos de pênis ou até amarrado um balão de pênis no seu pulso durante a noite toda — Becca disse.

Ryan gemeu e caminhou para dentro do quarto, cumprimentando todas as meninas. Logo que ela terminou a bebida, Whitney entregou rapidamente a segunda rodada, que Ryan tomou com canudo no formato de pênis. A visão era engraçada e, apesar das reclamações dela, eu sabia que ela estava se divertindo. Depois de algumas bebidas, ela já tinha esquecido tudo de pênis que estava usando e tinha até nos permitido postar

Tudo o que eu desejo   173

as fotos no Facebook.

— O que os rapazes vão realmente fazer à noite? — perguntei a Becca enquanto olhava pela janela para a cidade que estava anoitecendo.

— Jason também contratou uma stripper.

— Eu sabia! Brandon me disse que não ia ter.

— Acho que o Jason não contou a ele, até hoje.

— Ah... bem, e a que horas nosso stripper vai chegar? — sussurrei para ninguém nos ouvir, a não ser Becca.

— Por volta das nove.

Tirei o celular de dentro do sutiã e olhei a hora, passava um pouco das sete. Todas pareciam estar se divertindo e as bebidas começando a fazer efeito, enquanto música tocava ao fundo.

— Garotas, é hora de jogar — eu disse, me afastando de Becca.

— Oba! O que vamos jogar? — Ryan perguntou.

— Bem, Ry, cada uma de nós trouxe uma peça de lingerie e você precisa adivinhar quem deu a você. Para cada erro, você terá que virar um shot.

Os olhos de Ryan se arregalaram e ela olhou pela sala, verificando o número de pessoas. Nós éramos vinte, mas de maneira alguma eu a deixaria beber vinte shots — no máximo, sete.

— Você tirou o celular dos seios? — Becca perguntou quando me entregou um presente para Ryan.

— Tirei, não tenho bolsos — respondi, rindo.

— Não sabia que sutiã era suporte para mais alguma coisa, além de peitos — ela disse, rindo comigo.

— Esconderijo perfeito, principalmente quando se vai dançar e não quer ficar segurando bolsa.

— Bom saber.

Nos reunimos na sala de estar da suíte e Ryan começou a abrir uma por uma as lingeries.

A primeira que ela abriu era um baby-doll branco de renda, com calcinha combinando. Ryan examinou os rostos à sua frente.

— Hum... Whitney.

— Aeee! — Whitney disse.

Ryan soltou um suspiro de alívio.

As três seguintes ela também conseguiu acertar. Entreguei a ela outro presente, um corset azul-petróleo e calcinha combinando.

— Acho que esses são da... Kris.

— Não. — Kris balançou a cabeça.

— São meus — Heather, a amiga dela, disse. Entreguei a Ryan um shot de vodka.

No geral, Ryan se saiu muito bem. Ela só teve que tomar quatro shots, mas acho que também a ajudou a acalmar os nervos, quando, bateram na porta e um entregador apareceu querendo entregar pizzas.

— Você pediu pizzas também? — Ryan me perguntou, lançando-me um olhar nervoso.

— Não, não pedi. — Eu sabia que tinha que ser o stripper que Becca contratou, mas não sabia como ele estaria vestido e não conseguia vê-lo porque Tania e Veronica estavam bloqueando a entrada.

Deus, por favor, deixe-o ser gostoso e não como o stripper que as amigas de Phoebe contrataram para a festa de despedida de solteira dela!

Becca caminhou até a porta e começou a conversar com o cara.

— Aqui, coloque as pizzas ali que vou pegar a carteira — ela disse, apontando para o bar.

O "entregador de pizza" entrou, colocou as caixas no bar e virou na minha direção. Nossos olhos se encontraram e foi quando me dei conta de quem eu estava olhando. O "entregador de pizza", também conhecido como stripper, era o Acyn, do meu trabalho.

Arregalei os olhos, espelhando os dele, então um ligeiro sorriso apareceu em seu rosto. Permaneci de pé, perto da janela, incapaz de me mexer.

— Quem pediu as pizzas? — Ryan perguntou.

Acyn se aproximou dela.

— O pedido foi feito em nome de Ryan.

— Sou eu, mas não pedi nenhuma pizza — ela disse, quase gaguejando.

Sem Ryan perceber, Becca colocou uma cadeira atrás dela e forçou seus ombros para que ela se sentasse. A maioria das meninas cobriu a boca tentando não gritar quando perceberam o que estava acontecendo.

— Nem linguiça italiana? — Acyn perguntou, quase me fazendo engasgar com a minha vodka cranberry.

— Não... — Ryan disse quando olhou para cima e Acyn começou a desabotoar lentamente a camisa. — Ah, meu Deus, você é stripper! — Ryan gritou quando se deu conta do que estava acontecendo.

— Sim, senhora, sou — ele disse com seu sotaque sulista quando Becca ligou a música e Acyn abriu a camisa, rasgando-a, fazendo com que cada menina, exceto eu, gritasse com entusiasmo. Seu olhar voou na minha direção enquanto ele tirava lentamente a camisa.

Eu não tinha notado antes porque Acyn sempre usava camisas de manga comprida para trabalhar, mas todo o braço esquerdo dele era coberto de tatuagens. Tinha uma cabeça de leão gigante na lateral do braço, cercada por várias outras tatuagens menores. Eu podia distinguir algumas enquanto ele rolava os quadris em círculo. Tinha a frase "você não é fracassado" no braço, a citação bíblica 2 Timóteo 1:7 no antebraço, um capricórnio no cotovelo, um rei de copas seguido por uma águia gigante de asas abertas sobre a parte superior das costas com as garras direcionadas para um capacete espartano. Notei um pergaminho tatuado no lado direito, mas, como eu disse, estava tão longe, que eu não poderia ver nada claramente, mas, tenho que admitir, elas eram sexy, assim como seu corpo todo.

Acyn se virou e pegou a mão direita de Ryan, levou até seu abdome perfeitamente esculpido e a fez deslizar para baixo, até o cinto. Ryan começou a desafivelá-lo enquanto as meninas gritavam e batiam palmas, encorajando-a. Acyn montou em suas pernas fechadas, continuando a mexer os quadris enquanto ela terminava de desafivelar o cinto. Ele virou a cabeça na minha direção, olhando diretamente nos meus olhos, e sorriu.

Se alguém contasse, eu jamais acreditaria que Acyn era um stripper à noite; se bem que ele tinha corpo para isso. Enquanto observava Ryan ajudá-lo a se despir, não pude deixar de notar que cada centímetro dele era duro como uma rocha. Quais eram as chances de ele ser o stripper contratado por Becca? Sem chance de eu deixar alguém saber que eu conhecia Acyn, principalmente depois de Brandon ter ficado com ciúmes dele na festa de Natal.

Quando Ryan terminou de tirar o cinto de Acyn, ele caminhou lentamente pela sala, parando em cada mulher, enquanto provocativamente desabotoava seu jeans antes de deslizá-lo para baixo de seus quadris. Eu esperava que ele fosse me ignorar, mas é claro que não o fez.

Ele andou até mim, seu jeans nos joelhos, revelando um fio dental preto por baixo. Tive que entrar no jogo e aceitar tudo o que ele fazia, e eu tinha certeza de que ele sabia disso. Ele pegou minhas duas mãos, se inclinou e sussurrou no meu ouvido:

— Não sabia que te veria essa noite.

— Eu digo o mesmo — disse sem fôlego quando ele colocou minhas mãos em sua bunda nua.

— Você devia entrar no jogo ou elas vão desconfiar que você me conhece.

Suspirei pesadamente, agarrando cada nádega nas mãos e dando um grande aperto, enquanto todas as meninas continuavam a vaiar e gritar. Acyn se aproximou mais de mim, tocando seus quadris nos meus e os balançou como se estivesse dançando. Senti meu rosto corar e o calor do corpo aumentar. Não sei dizer ao certo se eu estava envergonhada porque era o Acyn ou porque era um stripper de um modo geral.

Acyn se inclinou novamente e sussurrou:

— Isso não é tão ruim, é?

Neguei com a cabeça, mas, na verdade, eu só queria que ele passasse para a próxima garota. Sabendo que todos os olhares estavam em mim e que eu não agiria timidamente, bati em sua bunda com a mão direita, o fazendo rir e se afastar para dançar com a Becca.

Assisti e aplaudi como as outras meninas para tirar o foco de mim, enquanto ele tirava os sapatos e a calça jeans. Ele jogou o jeans para Ryan e se voltou para ela. Eu não podia ver mais. Brandon ficaria puto se descobrisse que Acyn era o stripper e eu não queria que isso acontecesse.

Peguei o balde de gelo e fui em direção à porta. Quando me virei para fechá-la atrás de mim, vi que Acyn estava me observando. Dei um sorriso rápido, segurando o balde, e fechei completamente a porta, respirando calma e profundamente.

Enquanto caminhava pelo longo corredor em direção à máquina de gelo, conseguia ouvir as meninas se divertindo e eu só esperava que ninguém fosse reclamar do barulho. Tirei o celular do sutiã e enviei uma mensagem para Brandon.

Eu: *Se divertindo?*

Coloquei o celular de volta no sutiã, sem esperar que Brandon me respondesse tão cedo.

Afinal de contas, ele também estava com uma stripper. Coloquei o balde na máquina automática e esperei o gelo cair enquanto eu apertava o botão.

Com minha visão periférica, vi uma sombra em movimento, mas, antes que eu pudesse me virar para ver quem era, um pano fedorento foi colocado no meu nariz e boca. Tentei lutar para me libertar do abraço apertado, mas rapidamente não havia nada além da escuridão.

Capítulo Catorze

— Aeee! A princesa está finalmente acordando — ele disse.

A voz parecia familiar, mas eu não conseguia me situar. Tentei abrir os olhos, mas não conseguia. Eu não sabia onde estava ou quem estava falando, quando lentamente comecei a acordar. Minha cabeça parecia como se eu tivesse bebido uma garrafa inteira de vodka sozinha, mas só me recordava de ter bebido duas vodka cranberries a noite toda. Tentei me lembrar de como cheguei nessa superfície dura, mas tudo o que conseguia me lembrar era que eu estava indo até a máquina de gelo e enviando um SMS para o Brandon.

— Vamos, princesa, acorda. Vamos nos divertir agora — ele disse, chutando meu pé esquerdo.

Tentei abrir os olhos novamente, mas ainda sem sucesso. Era como se eu estivesse sonhando e não conseguisse acordar. Talvez eu estivesse sonhando, mas por que a dor na minha cabeça parecia real?

— Acorda, filha da puta — ele disse, chutando meu pé novamente. — Não me faça te machucar, Spencer — ele rosnou.

— P... por quê? — sussurrei.

Senti mãos nos meus ombros enquanto eu estava ainda de costas numa superfície dura. Supliquei a mim mesma para abrir os olhos, mas não conseguia. Eles pareciam tão pesados que, não importava o quanto eu tentasse, eles simplesmente não abriam.

As mãos em meus ombros começaram a me sacudir. Parecia real. — Olha aqui, sua cadela, eu tenho sido paciente com você há meses. Te deixei viver feliz a sua vida, mas agora está na hora de eu finalmente ter o que é meu. — O sacolejo parou e eu tentei com todas as forças abrir os olhos. Finalmente começaram a abrir, mas tudo o que eu via era um borrão. — Dizem que, quando se quer algo bem feito, você vai lá e faz. Então, acorda, porra!

Consegui abrir os olhos e a neblina clareou. Ele ainda estava agachado ao meu lado, olhando para mim. Pânico começou a me invadir. O que eu tinha feito na minha vida passada para merecer isso? Conheci esse cara em Las Vegas, bem longe de onde eu moro, mas ele ainda me seguia, e agora eu estava aqui, deitada, com ele me olhando.

— Trevor? — eu disse, tentando me sentar para me arrastar para longe. Quase não conseguia falar ou mover a cabeça, muito menos o corpo todo. Senti uma lágrima quente na bochecha. — Por que você está fazendo isso?

— Bem, Spencer... ou devo continuar te chamando de Courtney? — Trevor perguntou, zombando de mim. — Seu namoradinho *perfeito* arruinou a minha vida e agora ele vai pagar.

— Do que você está falando? — perguntei, enxugando uma lágrima solitária da bochecha. Eu *não* ia chorar. *Não* demonstraria medo.

— Você está proibida de fazer perguntas! — Trevor gritou, passando as mãos por seus cabelos loiros.

— Agora, vou te sentar para gravarmos um vídeo para eu enviar ao seu lindo namoradinho.

Trevor me agarrou pelos ombros novamente e me sentou. Olhei ao redor da sala de estar quase sem móveis e imaginei estar numa casa, mas não fazia ideia de onde. As persianas e cortinas estavam fechadas e havia um sofá verde-limão no meio da sala que parecia ter sido tirado do lixo.

Em frente ao sofá estava uma cadeira de diretor de lona preta. Luminárias de piso em cada lado do sofá eram a única fonte de iluminação no ambiente.

— Posso beber um pouco de água? — perguntei, tentando disfarçar o nervosismo que estava dominando o meu corpo. Minha boca estava seca, a garganta arranhando e doía até mesmo para falar. Lembrava vagamente de um pano fedorento sendo colocado na minha boca. Trevor deve ter me drogado e os efeitos estavam começando a desaparecer lentamente.

— Não — ele disse, levantando-me pelos meus ombros.

— Por favor? Mal consigo falar — eu disse com a voz rouca. Ele agarrou meu braço direito e me levou até o sofá. Não estava me machucando, para minha surpresa.

— Tá bom. Olhe, Spencer, faça só o que eu disser e você não vai se machucar. Seu namorado precisa pagar o que me deve — disse ele, caminhando em direção à cozinha.

Senti uma vibração dentro do sutiã. Olhei para baixo, para a minha blusa de paetês preta, e vi que meu celular ainda estava no sutiã. Empurrei-o mais para baixo, para garantir que Trevor não o visse e comecei a pensar numa maneira de fazer uma ligação para o 911, sem que ele soubesse.

— Não entendo — eu disse quando ele voltou da cozinha com um copo descartável vermelho contendo água da torneira.

— Brandon e eu temos uma história e, justo quando pensei que ele tinha sumido da minha vida, ele voltou e tomou outra coisa de mim. Ele precisa pagar.

— O que ele tomou de você? — O pouco de água fria na minha garganta irritada me fez começar a me sentir melhor, fazendo minha voz voltar ao normal.

— O que eu disse sobre fazer perguntas? — Trevor perguntou, tirando o copo da minha mão.

— Estou confusa. Não entendo qual a relação de Brandon com qualquer coisa relacionada a Vegas, porque, quando te conheci, eu nem sabia o nome dele.

— Conheço Brandon desde a faculdade — ele disse, fazendo uma lâmpada acender na minha cabeça.

— Você é o outro quarterback? A pessoa que quebrou a coluna dele?

— Eu não quebrei a coluna dele — gritou e, em seguida, cerrou os dentes e os punhos.

— Mas seus amiguinhos o fizeram por você! — gritei de volta.

Silêncio pairou na sala sinistra. Meu celular começou a vibrar novamente no exato momento em que Trevor se levantou e começou a andar, passando as mãos pelo cabelo novamente. Sentei mais encostada no sofá, tentando ficar o mais longe que pudesse para ele não ouvir a vibração. Foi um milagre ele não ter descoberto o meu celular. Não deve ter tocado enquanto eu estava inconsciente. Será que era Ryan, Becca ou uma das meninas querendo saber onde eu estava?

Eu estava tentando não demonstrar medo na frente de Trevor, mas não conseguia parar de pensar no que ia acontecer. Ele disse que não me machucaria, mas nunca tinha visto essa raiva nele antes. Permaneci sentada ali, o observando andar de um lado para o outro, tentando me acalmar. Posso fazer isso. Faço qualquer coisa para ele me deixar ir embora.

— Certo, o que...

Ouvi a porta da frente, que ficava do lado oposto da parede à minha direita, abrir naquele momento. Meu coração parou. Olhei para Trevor, mas ele nem parecia preocupado. Meu olhar voltou para a minha direita, no momento em que Matt entrou na sala. De todas as vezes que eu vi Trevor, Matt nunca estava com ele, exceto em Las Vegas.

— Tô vendo que ela já despertou — Matt disse, caminhando até onde Trevor estava de pé.

— Já, há mais ou menos uns dez minutos. Você voltou bem a tempo.

Voltou?

— Vamos fazer isso agora, Michael? — Matt perguntou, colocando um jornal na cadeira de diretor.

Michael?

— Seu nome não é Trevor? — perguntei.

— Você não é a única que usa nome falso — Michael disse, rindo com Matt.

— Então, deixe-me adivinhar, seu nome também não é Matt?

— Nããoo — ele disse, rindo novamente.

Percebi, nesse momento, que Brandon nunca me disse o nome do cara que o tinha tirado da faculdade — não que fizesse diferença, pensei que Trevor era... Trevor.

Tudo o que eu desejo   185

— Bem, Spencer — Michael disse, caminhando até mim e escondendo alguma coisa nas costas. — Agora vamos fazer um vídeo de resgate para o seu namoradinho — ele disse, puxando uma arma de trás das costas. Meu corpo se retesou na mira da arma. Eu ficava repetindo na minha cabeça *não vou demonstrar medo, não vou demonstrar medo*.

— Agora, quero que você segure esse jornal pra cima e fale para a câmera do celular que o *Matt* vai segurar. Quero que diga ao seu precioso Brandon que quero um milhão de dólares até o meio-dia de amanhã ou, então, você morre.

— Ok — sussurrei e engoli em seco, pegando o jornal.

— Diga que ele precisa ir ao Great America, em Santa Clara, entrar na fila do Top Gun, colocar a mochila com o dinheiro no cubículo onde se guarda objetos, e depois entrar na montanha-russa, ao meio-dia. Depois que ele fizer isso e eu pegar o dinheiro, deixo você ir embora. E nada de polícia. Se alguma coisa acontecer comigo ou o dinheiro, o *Matt* vai te matar.

Não vou demonstrar medo, não vou demonstrar medo, eu continuava repetindo isso na minha cabeça. E se Brandon não tivesse o dinheiro? E se ele não conseguisse o dinheiro a tempo? Great America é um parque de diversões que fica a aproximadamente uma hora de carro de São Francisco. Nos fins de semana, quando o parque está aberto, há milhares de pessoas. *Não vou demonstrar medo, não vou demonstrar medo.*

— Como é que ele vai conseguir todo o dinheiro e passar pela segurança sem revistarem a mochila quando ele entrar?

— Isso não é problema meu — disse Michael. — Pronto, Colin?

Colin... o nome dele é Colin, não Matt.

— Pronto.

Michael me entregou o jornal.

— Por que tenho que ficar segurando o jornal pra cima? — perguntei.

— Você nunca escuta o que te mandam? Você faz muitas perguntas. É só para ele saber a data.

— Sim, mas eu vi o Brandon hoje. Tenho certeza de que ele sabe que você quer dizer amanhã ao meio-dia.

— Você realmente está começando a me irritar! Faça apenas o que mandei — ele disse, levantando a arma para a minha cabeça.

— Tá bom — eu disse, segurando o jornal e olhando para Colin. *Não vou demonstrar medo.*

— Iniciar em três... dois... um — disse Colin.

Respirei fundo.

— Amor, Michael, da sua faculdade, quer que você leve um milhão de dólares para o Great America ao meio-dia de amanhã. Você precisa colocar o dinheiro em uma mochila e levá-la com você para a montanha-russa Top Gun. Dê uma volta nela, mas antes deixe a mochila num dos cubículos que as pessoas usam para deixar os objetos enquanto estão no brinquedo. Depois que fizer isso e eles pegarem o dinheiro, vão me soltar. Não leve ninguém para ajudá-lo ou chame a polícia. Se fizer isso, o amigo dele, Colin, vai me matar.

— Merda, cara, ela disse o meu nome! — Colin disse a Michael.

— Tanto faz, não importa. Ele não viu o seu rosto. É apenas a mensagem de vídeo para o Brandon — ele retrucou, tirando o jornal de mim e indo até Colin.

— Agora que eu fiz o que pediu, você pode, por favor, me dizer como sabia sobre mim em Vegas?

Michael olhou para o Colin, então, de volta para mim.

— Quer saber, Spencer, vou te contar tudo, porque não tem importância. Assim que eu receber o dinheiro, meu amigo e eu vamos para o México — ele disse, fazendo um *toca aqui* com Colin enquanto riam e depois ele se sentou na cadeira à minha frente. — Então, acho que você conhece toda a história de quando eu e Brandon estivemos na faculdade e o que quer que ele tenha dito não importa, por isso vou direto para um ano atrás. Colin e eu éramos donos de uma academia em Seattle. Sabe, aquela que Brandon comprou?

— Você era o dono da academia que estava com execução hipotecária?

— Era.

— Desculpe interromper a hora de contar histórias, mas você vai mesmo contar tudo a ela como um típico vilão de filme clichê? Todo mundo sabe que é assim que o bandido sempre é pego. Além disso, não precisamos mais dela agora que seu doce garotão Brandon sabe que estamos falando de negócios. Vamos logo nos livrar dela — Colin se intrometeu.

— Isso é só nos filmes. Na vida real, não é assim que funciona. Além disso, não somos *assassinos* como a Christy, cara.

Christy? Que porra é essa?

— Christy? Vocês fizeram parte daquilo também?

— É coisa de louco o que uma cadela faz por amor — ele disse, rindo. — Como eu te disse quando você estava acordando, quando se quer algo bem feito, faça você mesmo. Depois que descobri que ele queria comprar a academia de Seattle e tirar mais uma coisa que me pertencia, Colin o localizou e, desde então, estamos rastreando a vida dele.

Não conseguia acreditar no que Trevor — Michael ou qual diabos fosse o nome dele — estava me contando. Depois de todos esses anos, ele ainda guardava rancor de Brandon por ter sido o melhor quarterback. Se Michael nunca tivesse juntado um grupo de rapazes para bater em Brandon, ele nunca teria sido expulso e, provavelmente, teria tido um diploma e seria um empresário melhor.

— Então, você se aproximou de Christy após o rompimento para ela me matar, dizendo que teria Brandon de volta, mesmo você sabendo que deixaria Brandon devastado se eu fosse morta, e então ele pagaria por tirar sua glória na faculdade e ter comprado o seu negócio?

— Exatamente, mas Christy também iria me enviar dinheiro da conta de Brandon, quando eles voltassem a ficar juntos. Ela é tão idiota que eu nem quis dizer que Brandon a deixaria depois que descobrisse que ela o roubou. Eu só queria o dinheiro.

— Ainda não entendo como você sabia sobre mim e se aproximou de mim em Vegas, antes mesmo de eu falar uma palavra com Brandon.

— Nós colocamos escutas no escritório de Brandon na academia. Ele não parava de falar em você desde o dia em que a viu pela primeira vez, então, quando Colin viu você no mesmo voo, ele me ligou e começamos a trabalhar no plano A. Christy era o plano B, mas ela é idiota e me dei conta de que devia ter ficado só com o plano A.

— O plano A é me sequestrar e pedir resgate?

— É.

Eu estava tentando processar tudo o que Michael estava me contando. Primeiro, ele era tão louco quanto a Christy — ou pior. Culpava Brandon por arruinar a vida dele e, comprar a academia foi a gota d'água, então ele queria que Brandon pagasse. Michael se aproximou de Christy depois que Brandon e eu começamos a namorar; se uniram e armaram um plano para me matar e, então, Christy tiraria dinheiro de Brandon para dar ao Michael. Mas, já que Christy não teve sucesso, Michael e Colin voltaram ao plano de me sequestrar para pedir resgate e agora estou eu aqui, sentada, esperando que Brandon consiga um milhão de dólares até amanhã, e que Michael e Colin realmente me deixem ir embora assim que receberem o dinheiro.

— Cara, são duas da manhã. Vou dormir um pouco agora que você já enviou o vídeo — disse Colin.

— Ok, te acordo às seis horas, quando for a minha vez.

Não imaginava que já fossem duas da manhã. Quando saí da suíte no Westin para pegar gelo era aproximadamente umas nove e meia. Eu estava cansada, mas nem em sonho eu conseguiria dormir com um louco me olhando.

— Preciso ir ao banheiro — eu disse ao Michael.

— É no final do corredor, primeira porta à esquerda. Pode ir, todas as janelas da casa estão lacradas com tábuas. Você não vai conseguir escapar, se é isso que está pensando.

Saí do sofá e fui apressadamente para o banheiro. Tirei o celular de dentro do sutiã e vi que tinha treze chamadas não atendidas de Brandon, dez de Ryan e sete de Becca. Eu estava prestes a enviar um SMS ao grupo quando ouvi um estrondo do lado de fora e muitos gritos. Não fazia ideia do que estava acontecendo. Afastei-me da porta, olhando ao redor à procura de um lugar para me esconder. Eu estava num banheiro minúsculo que tinha somente uma banheira sem cortina e uma pia de pedestal.

Entrei na banheira para ficar longe da porta, caso ela fosse derrubada. Meu coração estava disparado. A briga parou e de repente tudo silenciou. Permaneci congelada no lugar, prendendo a respiração, com medo de me mexer.

— Spencer?

Alguém estava chamando o meu nome, mas eu não tinha ideia de quem. Não parecia a voz de Michael ou Colin, mas era um homem.

— Spencer, sou o oficial Martino, você está aí?

Oficial? Como é que a polícia soube? Como ele sabia o meu nome? Ainda estava morrendo de medo de me mexer. E se fosse algum tipo de armadilha? Mas, então, por que seria uma armadilha? Michael e Colin já me tinham como refém. O que mais poderia acontecer? A porta começou a abrir lentamente.

— Spencer? — Um policial abriu a porta totalmente, olhando para mim de pé na banheira. — Spencer, sou o oficial Martino. Você está a salvo agora e podemos te tirar daqui. Brandon e seus amigos estão lá fora com os outros policiais — ele disse, estendendo a mão para mim.

— Tá — eu disse, peguei a mão dele e saí da banheira.

O oficial Martino me levou para o jardim da frente. Quatro carros de polícia e uma ambulância iluminavam a rua do bairro. Pessoas estavam do outro lado da rua me observando. Examinei os rostos à procura de Brandon, e, antes que eu pudesse encontrá-lo, braços fortes me envolveram em um abraço apertado.

— Oh, meu Deus, meu amor, fiquei tão preocupado com você!

— Eu estou bem — eu disse quando ele se inclinou e me beijou. — O que aconteceu?

— Spencer, meu nome é Jaime Brooks e eu sou o advogado de vítima designado ao seu caso. Estarei com você durante o depoimento na delegacia. Depois que você for verificada pelos paramédicos, iremos para lá.

— Ok, Brandon pode vir comigo?

— Pode, mas ele não poderá falar. Só poderá te dar apoio emocional.

— Está bem — eu disse, inclinando-me no peito de Brandon. — Quem está aqui com você? — perguntei, olhando para Brandon.

— Ryan, Becca, Jason, Max e Acyn.

— Acyn? — questionei, arregalando tanto os olhos que parecia que iam pular do rosto.

— Foi ele quem percebeu que você tinha sumido.

— Ah, então você já sabe?

— Sei — Brandon disse, sorrindo.

— Está bravo?

— Como posso estar bravo depois de tudo o que você acabou de passar?

— Não foi tão ruim assim.

— Amor — ele disse ao parar de andar e me virar para ele. — Você foi sequestrada e mantida refém. Eu fiquei apavorado. Tinha uma arma apontada para a sua cabeça.

— Eu sei, mas agora estou bem.

Eu realmente estava bem — fisicamente. Tudo aconteceu muito rápido e minha cabeça ainda estava girando... por tudo o que Michael tinha me dito. Jaime e Brandon me levaram até a ambulância para ser examinada por um médico. Olhei pela multidão e vi meus amigos. Depois de ser liberada pelo médico, eu só queria vê-los.

— Posso ir ver meus amigos? — perguntei ao Jaime.

— Pode, mas só por um minuto. Agora que já foi examinada, temos que ir até a delegacia.

— Tá bom — eu disse, peguei a mão de Brandon e caminhamos até eles.

Quando Ryan e Becca me viram andando em sua direção, ambas tentaram passar pelo policial que estava de pé na frente delas.

— Pode deixar, oficial Hunter-Cogan — disse o oficial Martino, dando permissão para minhas amigas passarem. Mais uma vez, minhas amigas estavam me abraçando depois de um acontecimento trágico. Senti-me exatamente como quando Christy tentou me matar.

— Juro por Deus, Spencer, vou comprar algemas e você *nunca* mais vai ficar sozinha! — Ryan disse, me abraçando tão apertado que eu mal conseguia respirar.

— Estou bem, Ry.

— Se o Acyn não tivesse percebido seu sumiço depois da performance dele, nem sei o que teríamos feito — Becca disse, me abraçando também.

Virei-me para Acyn e murmurei:

— Obrigada. — Ele acenou com a cabeça em confirmação com as mãos nos bolsos. Sabia que ele queria me dar um abraço e eu queria abraçá-lo para expressar minha gratidão, mas não podia.

Depois de todos me abraçarem e se certificarem de que eu estava bem, Jaime andou com Brandon e eu até um carro da polícia e foi conosco para a delegacia.

— Onde estamos? — perguntei.

— Em San Jose, amor.

— Me levaram até San Jose?!

— Sim, é por isso que não cheguei até você mais cedo.

— Brandon, sinto muito. Sei que você quer contar tudo a ela, mas não pode. Ainda não — Jaime disse, se virando no banco da frente para nós.

A exaustão finalmente me dominou, por isso, durante a curta viagem, acabei dormindo nos braços de Brandon enquanto ele me abraçava apertado. No ano passado, minha vida tinha sido posta em perigo duas vezes por causa de Brandon, mas ainda não havia nenhum outro lugar que eu preferiria estar, senão ao seu lado.

Durante o depoimento, Brandon apertou minha mão enquanto eu recontava a noite. Contei tudo, desde a primeira vez que vi Michael em Las Vegas, quando ele me disse que se chamava Trevor, até ele me dizer que era um dos cúmplices que estava com Christy, quando ela tentou me matar cinco meses atrás.

Depois do meu depoimento, foi a vez de Brandon contar aos detetives como ele conheceu Michael. Tudo o que Michael tinha me dito era verdade, exceto que Brandon não sabia que estava comprando a academia de Michael. Embora ele soubesse o nome verdadeiro de Michael, nunca tinha ligado o nome à pessoa. Michael Smith era um nome muito comum e fazia doze anos desde a última vez que ele o viu.

O sol estava começando a nascer quando finalmente saímos da delegacia, pouco antes das seis. Deixei meu carro no Westin e pedimos a Jason ou Becca para buscá-lo para mim. Eu não queria fazer mais nada, a não ser ir para casa, cair na cama e dormir.

— Como é que a polícia soube? Como você foi lá? — perguntei a Brandon enquanto seguíamos pela Highway 101 em direção a São Francisco.

— Meu amor, durma um pouco. Podemos conversar sobre isso mais tarde — ele disse, levando minha mão aos lábios.

— Não consigo dormir, por favor, me conta.

— Tá bom. Becca me ligou por volta das dez horas da noite passada, dizendo que você saiu para pegar gelo e não voltou. Elas procuraram por toda parte. Desceram até o manobrista e foram informadas de que você não tinha saído com o carro. Usei o aplicativo *Buscar Meus Amigos* e vi que você estava em San Jose. Foi quando todos nós entramos em pânico.

— Estraguei a festa da Ryan — eu disse e finalmente as lágrimas começaram a cair.

— Amor, você não fez nada de errado.

— Eu sei, mas ela teve que interromper a festa.

Tudo o que eu desejo 195

— Ryan está feliz que você esteja viva. Você sabe que ela não está brava, né? — Brandon estendeu a mão e enxugou uma lágrima do meu rosto.

— Sei — murmurei. — Continue.

— Então, todos nós sabíamos que algo estava errado. Tentamos te ligar, mas você não atendia. Jason, Max e eu entramos no meu carro e viemos para cá, e dissemos para Becca e Ryan nos ligarem quando estivessem perto de San Jose para nos encontrar. Quando estávamos quase no centro da cidade, recebi o vídeo de Michael. Felizmente, Jason estava dirigindo porque eu queria continuar tentando te ligar. Se eu estivesse dirigindo quando recebi o vídeo, acho que teria destruído o carro quando vi uma arma na sua cabeça.

— Eu estou bem — eu disse, sentindo a necessidade de tranquilizar a ele e a mim mesma.

— Liguei para o 911 assim que terminei de assistir o vídeo. Disseram que enviariam um carro patrulha para averiguação. Assim que chegamos à casa que você estava, a polícia também chegou. Mostrei o vídeo e chamaram reforços. Jason e Max tiveram que me conter fisicamente, me agarrando por trás para eu não entrar na casa e te buscar. Se os policiais já não estivessem lá, eu teria entrado. E os teria matado com minhas próprias mãos.

Estendi a mão e acariciei a perna de Brandon.

— Estou feliz que foram os policiais que entraram lá e fizeram o *trabalho* deles; ele estava armado.

— Ainda quero matar esse filho da puta.

— Eu também, amor, eu também. Apesar de tudo, não ouvi nenhum tiro nem nada quando estava no banheiro.

— Não conseguia ver o que estava acontecendo dentro da casa, mas cinco policiais entraram e, alguns minutos depois, saíram com Michael e Colin algemados.

— Estou muito feliz que isso tudo acabou — eu disse, suspirando.

— Nem me fale. Até agora não consigo acreditar que Trevor era o Michael. Ele fez isso de propósito para que eu não o visse. Estou surpreso que Becca não o reconheceu naquele dia, do lado de fora da academia.

— Ela não o viu e nem a Ryan. Ele provavelmente fugiu assim que viu a Becca.

Finalmente, chegamos em casa depois de uma hora e meia de carro. Subi as escadas e fui direto para o banheiro da nossa suíte, tirando minha roupa assim que entrei no quarto. Brandon seguiu atrás de mim e nós dois ficamos debaixo da água quente, nos lavando. Flashes de tudo passavam pela minha cabeça. Ali, naquele momento, perdi totalmente o controle. Virei-me nos braços fortes de Brandon e chorei em seu peito musculoso. Meu corpo tremia todo e as lágrimas eram levadas pela água do chuveiro.

Capítulo Quinze

As semanas seguintes foram difíceis. Brandon insistiu que eu visse um terapeuta porque eu tinha pesadelos todas as noites. Tirei uma semana de folga do trabalho, e, mais uma vez, Brandon trabalhou em casa para cuidar de mim. Meus pais vieram de Encino e ficaram com a gente, mas meu pai precisava retornar ao trabalho, então eles foram embora poucos dias depois. O julgamento de Christy, Michael e Colin estava marcado para julho e todos tiveram suas fianças negadas. Mesmo eu sabendo que eles não poderiam mais me machucar, ainda tinha flashbacks e não conseguia ficar sozinha.

— Venha, vamos sair, vá se vestir — Brandon disse, entrando na sala de estar.

Eu tinha me tornado uma pessoa caseira. Não queria ir a lugar algum, apenas trabalhar. Brandon me levava e buscava no trabalho todos os dias e até deixou de ir às suas noites semanais de pôquer para não me deixar sozinha. Ryan e Max vieram me visitar algumas vezes, mas eles estavam ocupados finalizando tudo para o casamento. Becca também estava ajudando Ryan com as coisas de última hora que deveriam ser tarefa minha, como se certificar de que as flores seriam entregues a tempo, que todas as damas de honra receberam os vestidos a tempo e tudo mais que estivesse fazendo Ryan surtar sobre o casamento.

— Para onde vamos?

— Lembra que prometi que você poderia ter um cachorro?

— Lembro. — Já tinha esquecido que tinha perguntado a ele se poderíamos ter um cachorro quando comprássemos nossa casa.

— Bem, vamos arrumar um cachorro.

— Agora?

— Sim, já — ele disse, pegando minha mão e me levando pelas escadas.

Tirei o pijama e coloquei um jeans, uma blusa preta justa e uma sandália preta.

— Que raça devemos ter?

— Não sei, vamos ver o que eles têm.

— Tá bom — eu disse, finalmente sorrindo.

Eu estava superanimada para ter um cachorro. Nunca tive um na minha infância. Não sei por que razão, mas nunca tivemos. Ao invés de comprar, resolvemos adotar, então fomos até o SPCA e ficamos andamos por lá, olhando todas as raças de cães. Meu coração ficou partido por não podermos levar todos. Resolvemos adotar um golden retriever de seis meses.

— Que nome você quer dar a ele? — Brandon perguntou enquanto eu segurava o cachorro no colo, no banco da frente.

— Que tal... — pensei por um momento — Niner?

— Niner?

— É, ele é um *golden* e as cores do time são vermelho e dourado.

— Mas eu torço para o *Cowboys* — ele disse, rindo.

— Bem, eu torço para o Niners Fortye, e você está em São Francisco agora.

— Niner, hein?

— Isso aí, Niner.

— Jason vai me matar — ele disse, rindo novamente.

෴

Becca me pegou no trabalho na quarta-feira antes do casamento de Ryan. Eu disse a Brandon que ficaria bem e insisti que ele fosse jogar pôquer com os rapazes. Eu tinha Niner e Becca para ficar comigo e tínhamos muitas coisas do casamento para nos manter ocupadas. Becca e eu pedimos pizza e relaxamos enquanto imprimíamos o cerimonial do casamento de Ryan e colocávamos a foto dela e de Max em uma moldura do tamanho de uma carteira para as lembrancinhas. Eu queria desesperadamente ajudar minha melhor amiga com o casamento dela e não ia *deixá-los* vencer.

Estava começado a me sentir "eu" mesma novamente. Ainda não conseguia ficar sozinha porque imaginava que fosse ser sequestrada de novo, mas meus pesadelos finalmente pararam e agora eu conseguia dormir à noite inteira.

— Então, eu tenho uma novidade — disse Becca.

— Jason está contando ao Brandon agora, mas... finalmente estamos grávidos!

— Oh, meu Deus, estou tão feliz por vocês! — eu disse, pulando do meu assento para abraçá-la. — De quanto tempo você está?

— Onze semanas. Acho que aconteceu no dia dos namorados — Becca disse, rindo. — Meu médico queria que eu esperasse até que tivesse treze semanas, mas não ia conseguir esperar tanto tempo para contar a vocês dois. Mas ainda não vamos contar para mais ninguém.

— Estou muito, muito feliz por vocês.

Um dia antes do casamento de Ryan, em maio, todos nós nos encontramos no local do casamento para o ensaio final. Ryan e Max iam se casar no Shakespeare Gardens, no parque Golden Gate. Após o ensaio, fomos jantar com Ryan, Max e os familiares mais próximos.

Depois do jantar, Becca, Ryan e eu nos despedimos dos nossos homens e passamos a noite no hotel onde seria realizada a recepção do casamento na noite seguinte. Ryan e eu bebemos champanhe, enquanto Becca, cidra de maçã. Ficamos sentadas, bebendo e jogando conversa fora, apenas relaxando. Becca acabou contando a Ryan que estava grávida depois de Ryan expressar suas suspeitas sobre Becca não beber. Ryan ficou tão feliz quanto eu por Becca e prometeu que ficaria de babá do bebê para ela. Enquanto estávamos nos divertindo na nossa suíte, percebi que eu tinha voltado ao normal e já me sentia feliz novamente.

— Ryan, é hoje que você vai finalmente se casar! — gritei quando acordei e vi que ela e Becca estavam acordadas também.

Gritamos e pulamos até a exaustão. A mãe e a tia de Ryan, Brenda, se juntaram a nós no café da manhã no nosso quarto. Era inacreditável que o grande dia tinha chegado. Notei que Paula estava tentando segurar as lágrimas a manhã toda. *Sua menininha ia finalmente se casar.* Ryan tinha um irmão mais novo, já casado, mas acho que, quando é a sua menininha, a ficha cai diferente.

Depois do almoço, as outras damas de honra de Ryan chegaram e nos revezamos para fazer nossos cabelos e maquiagem com alguns profissionais que Ryan contratou. A hora estava se aproximando e logo a última pessoa foi embelezada. Nos vestimos, e depois fomos ajudar Ryan a entrar no vestido branco de renda justo na cintura com uma faixa rosa.

O cabelo castanho de Ryan foi puxado para cima em duas tranças francesas em cada lado da cabeça, que se encontravam e se uniam, sendo presas na parte de trás. Depois de Paula abotoar o vestido de Ryan nas costas, ela calçou seu sapato de salto creme, que tinha duas rosas presas a uma tira, na parte de cima dos pés.

— Acho que vou chorar — Ryan disse, ao se olhar no espelho que ia até o chão, depois de pronta.

— Não pode. Se você chorar, eu choro — eu disse a ela, enquanto nos olhávamos através do espelho.

Becca pegou sua câmera e tirou fotos de todas nós, assim como o fez o fotógrafo contratado, que apareceu enquanto estávamos nos arrumando. Mesmo Becca não sendo uma das damas de honra, ela já fazia parte do nosso grupo. Adorei como a nossa amizade tinha crescido tão rápido nos últimos meses e Becca era uma pessoa perfeita para nós duas.

— É melhor irmos para o Gardens — disse Paula.

Depois de uma última olhada no espelho, estávamos todas prontas. O casamento de Ryan estava previsto para começar às quatro horas, mas eu conseguia imaginar as pessoas já chegando ao Shakespeare Gardens. Entramos todas numa enorme limusine branca e demos um pequeno gole no champanhe enquanto íamos até o jardim.

— Você está bem? — perguntei a Ryan.

— Sim, por que não estaria?

— Não sei, algumas noivas choram.

— Vou ficar bem. É com o meu Max que estou casando.

— Eu sei — eu disse, apertando a mão dela.

Quando paramos no Gardens, saímos todas da limusine, exceto Ryan e a mãe. O pai de Ryan, Bart, entrou para se juntar a elas e vi Brandon perto dos portões. Assim como em Seattle, meu coração quase parou quando o vi vestido. Ele estava com um smoking preto, camisa branca, gravata verde e um lenço rosa espreitando para fora do bolso.

Nossos olhos se encontraram e ele me mostrou aquele sorriso de parar o coração que eu nunca canso de ver. Quando recuperei a compostura, caminhei até ele e lhe dei um beijo leve nos lábios.

— Como está o Max?

— Ainda está aqui, não correu.

— Pode parar! — eu disse, batendo de brincadeira no braço do Brandon.

— E eu presumo que Ryan esteja na limusine?

— Sim, espero que ela não corra — eu disse, rindo com Brandon de nossa piada sem graça.

Ficamos por ali conversando com as pessoas e as ajudando a acharem seus assentos.

Ryan e Max tinham decidido que ela percorreria a passarela de tijolos até o centro do jardim, onde o padre estaria. Os convidados se alinharam em cada lado da passarela e a festa de casamento era para ser do lado oposto de onde Ryan iria descer. Havia alto-falantes colocados perto da primeira fila de cadeiras próximos de onde o padre estava. As lanternas brancas de papel do chá de panela de Ryan estavam penduradas nas árvores ao longo da passarela. Era de tirar o fôlego.

O padre se aproximou e nos disse que estava tudo pronto para começar. Brandon era um *groomsman*, uma espécie de "dama de honra", mas não o padrinho do noivo, então não cheguei a caminhar pela passarela com ele. O padrinho de Max, Joe, levou Paula até o seu assento e depois voltou para o meu lado. Max ficou de pé no centro da passarela de tijolo e cada um de nós caminhou por ela, exatamente como tínhamos ensaiado. Sorri para Max quando passei por ele e recebi de volta um pequeno aceno de cabeça.

Depois de todos passarem pela passarela, ficamos à espera de Ryan sair da limusine. Finalmente, a porta se abriu e Bart apareceu, segurando a mão de Ryan, enquanto o piano começou a tocar *Back at One*, de Brian McKnight. Todo mundo se virou em seus lugares para ter um vislumbre da bela noiva.

Assim que Brian começou a cantar o trecho da música sobre como Ryan e Max devem ficar juntos, Ryan começou a descer a passarela de tijolos com Bart. Os olhos de Ryan estavam fixos em Max. Eles sorriram um para o outro... e permaneceram assim até Ryan me entregar o buquê, enquanto Brian cantava sobre como as coisas acontecem sozinhas.

Peguei o buquê da noiva com os olhos marejados e lutei para não chorar. Era quase impossível acreditar que estávamos aqui de pé no casamento de Ryan, visto que, há oito meses, eles tinham terminado e estavam tentando descobrir qual rumo dar às suas vidas. É engraçado como as coisas sempre se resolvem no final.

Tudo o que eu desejo

A música lentamente diminuiu até ficar em segundo plano e o padre começou a falar. Todos os convidados estavam emocionados e alguns chorando. Assim que vi Paula chorando, não consegui mais me controlar. Ryan se voltou para mim para pegar a aliança para Max e, assim que me viu chorando, chorou ainda mais. Entreguei-lhe um lenço, então ela se voltou para Max para trocarem as alianças. Eles prometeram ficar ao lado um do outro, nos bons e maus momentos.

O padre os declarou marido e mulher e aplausos irromperam quando o Sr. e a Sra. Max Evans se beijaram pela primeira vez depois de casados. As lágrimas começaram a secar conforme o casal caminhava de volta pela passarela de mãos dadas, se beijando o tempo todo.

෴♡෴

Depois de tirarmos fotos, voltamos para o Wyndham para a recepção do casamento. O DJ anunciou nossa chegada e todos ficaram de pé, ao redor de suas mesas redondas cobertas de linho branco e exibindo vasos altos pretos, com rosas brancas e magentas. Cadeiras pretas chiavari circundavam as mesas, onde a arrumação contava com guardanapos magenta para acentuar as cadeiras pretas e as molduras pretas das lembrancinhas colocadas à frente dos pratos. Luzes magenta eram exibidas nas paredes do salão e davam uma sensação de boate. Estava tudo exatamente como Ryan tinha planejado.

Cada um tinha que ir até a mesa principal quando seu nome era chamado. Depois da entrada triunfal do Sr. e da Sra. Evans, as refeições e vinhos foram servidos. Os pais de Ryan ostentaram e contrataram um open bar e estávamos aproveitando.

Joe fez um discurso para o casal feliz, e depois era a minha vez. Eu estava supernervosa. Nunca gostei de falar em público. Tentei imaginá-los nus, mas estava tão nervosa que não funcionou. Por fim, respirei fundo e tentei não falar rápido demais.

— Conheci Ryan há dez anos, quando éramos calouras na faculdade. Quando a Sra. Shea fez a chamada e ela ergueu a mão, ouvi o nome "Ryan Kennedy" e fiquei chocada. Quais são as chances de uma classe ter duas meninas com nomes de meninos? Quando a Srta. Shea chamou meu nome, alguns alunos depois, os olhos de Ryan dispararam até os meus e foi amor à primeira vista. Desde esse dia, temos sido praticamente inseparáveis. Nós duas beijamos nossa quota de sapos e estou muito feliz por ela ter encontrado seu príncipe em Max. Não consigo imaginar Ryan com ninguém, exceto Max, e, acreditem, teve alguns que eu queria fazer desaparecer da vida de Ryan.

— Estou verdadeiramente honrada de chamar Ryan de minha melhor amiga. Na verdade, ela é uma irmã para mim, e agora fez de Max meu irmão também. Desejo ao casal uma vida longa e felizes e que todos nós envelheçamos juntos.

Sentei-me ao lado de Brandon, tentando acalmar os nervos quando as palmas diminuíram.

— Belo discurso, meu amor.

— Obrigada — eu disse, soltando um longo suspiro.

O pai de Ryan fez o discurso dele e não havia um olho seco no salão. Logo após, Ryan e Max fizeram sua primeira dança. Todos estavam em volta da pista observando a preciosa cena.

Ryan dançou com o pai dela e Max com a mãe dele antes de todos se juntarem para dançar a noite toda.

Depois de várias músicas, eu precisava me sentar e descansar. Becca estava se sentindo da mesma maneira e Brandon e Jason nos acompanharam até a nossa mesa.

— Ei, preciso ir ao banheiro, quer ir comigo? — perguntei a Becca.

— Claro.

Pedimos licença aos homens e fomos ao banheiro juntas, exatamente como todas as mulheres fazem. Nos refrescamos, retocamos a maquiagem e, assim que saímos pela porta, dei de cara com os olhos verdes do meu passado novamente.

— Que merda você está fazendo aqui, Travis?

— Vim falar com você — ele falou arrastado e tropeçou, caindo de costas contra a parede.

— Você está bêbado?

— Não — ele disse, arrastando a palavra.

— Você não foi convidado. Precisa ir embora. — Olhei para o meu lado; Becca estava longe de ser encontrada.

— Olha, só me escute, Spencer.

— Tudo bem, fale. O que é tão importante que você tinha que entrar de penetra no casamento de Ryan e Max?

— Ouvi o que aconteceu com você.

— Isso não é da sua conta — sibilei.

— Spencer, eu te amo, é claro que é da minha conta.

— Sei, me ama tanto que transou com a Misty na mesa do escritório. Você é patético. Sabe, estou muito bem com Brandon e não tenho nenhum interesse em voltar para você — eu disse, cruzando os braços.

— Foi por isso que eu vim. Brandon é perigoso para você.

— Ele nunca fez nada pra mim.

— Não, mas o passado dele quase te matou duas vezes. Da última vez, você foi sequestrada — disse, dando um passo, se aproximando mais de mim.

— Não foi culpa do Brandon — eu disse, balançando a cabeça.

— Nem fodendo que não foi. Se vocês não tivessem se conhecido, essas coisas nunca teriam acontecido.

— Se você nunca tivesse me traído, então eu nunca o teria conhecido — cuspi, não conseguindo mais conter a minha raiva.

— Amor, você está bem? — Brandon perguntou, se aproximando, com Jason vindo logo atrás.

— Estou. Travis já estava de saída.

— Não vou embora sem você — ele disse, tentando segurar meu braço.

— Olha, cara, você precisa tirar a porra da sua mão de cima dela agora e ir embora — Brandon disse, me puxando para o lado dele.

— Você tá certo, coma a minha sobra — Travis disse, rindo.

— Vai se foder! — eu gritei.

— Chega! Ou você sai agora ou eu mesmo te tiro daqui — Brandon disse.

Tentei puxar Brandon, mas ele já estava encarando Travis, que nem se mexeu.

Tudo o que eu desejo

— Venha, amor, vamos voltar para a mesa.

— Vai lá, ouça a *sua* cadela — Travis sibilou.

O braço de Brandon voou para fora do meu alcance. E antes que eu me desse conta do que estava acontecendo, Brandon tinha derrubado Travis no chão. Ele jogou o braço direito para trás, que, em seguida, entrou em contato com o rosto de Travis várias vezes. Fiquei ali, incapaz de me mover. Jason veio por trás de mim e puxou Brandon de cima do Travis. Travis ficou deitado no chão, gemendo e cobrindo o nariz com as mãos, enquanto sangue se infiltrava por entre os dedos.

— Vamos, cara, vamos lá fora — Jason disse a Brandon.

Becca pegou minha mão e me levou de volta à nossa mesa enquanto eu observava Brandon e Jason saírem para a varanda. Deixamos Travis onde estava, no chão, gemendo de dor. Inacreditável. Como ele ousou pensar que eu voltaria para ele? Muita cara de pau dele vir ao casamento de Ryan.

— Você está bem? — Becca perguntou ao me entregar um copo de água.

— Puta merda, isso é vodka! — eu disse, engasgando com a bebida.

— Ah! Você pensou que era água?

— Pensei — respondi, rindo e limpando o respingo da boca.

— Imaginei que você precisava de alguma coisa forte. Assim que eu contei a Brandon e Jason que Travis estava te confrontando no corredor, fui até o bar.

— Obrigada — murmurei, tomando outro gole de vodka antes de me levantar. — Vou ver como está o Brandon.

Becca e eu fomos até a varanda, onde Jason estava tentando acalmar Brandon.

Brandon se virou para mim e com dois passos largos estava ao meu lado, segurando meu rosto com as duas mãos e me beijando firme.

— Você está bem? — Brandon perguntou, se afastando dos meus lábios.

— Não deveria ser eu a te perguntar isso?

— Eu estou bem, é com você que estou preocupado.

— Está tudo bem. Posso lidar com aquele babaca. Como está a sua mão?

— Está ótima. Tenho que admitir, estou contente por ter tido a chance de esmurrar aquele idiota.

— Eu também — eu disse, sorrindo para Brandon.

— Eu também! — Jason exclamou atrás de Brandon.

Todos nós rimos e permanecemos do lado de fora, apreciando a vista da cidade antes de voltarmos para dentro.

Ryan e Max ainda estavam na pista de dança, não tendo a menor ideia sobre o acontecido. Eu teria matado Travis se ele tivesse arruinado o casamento de Ryan.

Capítulo Dezesseis

Ryan e Max partiram para sua lua de mel no dia seguinte. Que eu saiba, eles nem tomaram conhecimento do incidente com Travis e eu não ia contar até que voltassem do cruzeiro pelo Caribe.

Minha vida tinha finalmente voltado ao normal. Brandon voltou a jogar pôquer novamente às quartas-feiras à noite e Niner me fazia companhia até que ele chegasse em casa. Conseguimos desembalar nossas últimas caixas e a casa agora estava começando a parecer um lar de verdade.

No sábado seguinte ao casamento de Ryan, Brandon e eu encontramos um parque de cães para Niner brincar, perto da nossa casa. Niner se dava muito bem com os outros cães e deixá-lo correr pelo parque ajudava a liberar toda a sua energia. Eu esperava que acrescentar mais exercícios significaria que ele agora dormiria a noite toda. Ter um cachorro é como ter um bebê e eu já estava treinando, embora Brandon e eu nunca discutíssemos o assunto filhos.

Desde a noite da festa de despedida de solteira da Ryan, Acyn e eu tínhamos um segredo dentro do escritório. Meus amigos mais próximos do trabalho souberam que eu fui sequestrada, mas ninguém soube que Acyn estava lá e ajudou a me encontrar. Na segunda-feira que voltei ao escritório, chamei Acyn para almoçar e o agradeci por tudo o que ele fez. Ele disse que não queria que ninguém do escritório soubesse que ele era stripper; eu nunca iria contar a ninguém. Também me confidenciou que gostou de uma das amigas da Ryan, Sandie, que ele conheceu na festa, e que eles tinham planos de sair em breve. Fiquei feliz e aliviada de nos tornarmos estritamente amigos agora.

∽☙♡❧∾

Agora que as coisas entraram nos eixos e a minha rotina voltou ao normal, na quarta-feira, fui dirigindo para o trabalho, exatamente como fazia antes. Tentei fazer planos para jantar com Ryan e Becca, mas elas estavam ocupadas. Resolvi, então, voltar para casa, pegar Niner para dar uma caminhada, e esperar por Brandon. Eu tinha um monte de tarefas domésticas para colocar em dia, de qualquer maneira, e ia esquentar algumas sobras para o jantar.

Estacionei meu *bimmer* na garagem de dois carros e, assim que saí de dentro dele, senti que algo estava errado. Normalmente, ouvia Niner latir, entusiasmado com a minha chegada, mas desta vez eu não ouvi nada. Comecei a entrar um pouco em pânico. A última notícia que tive de Michael e Colin foi que tiveram a fiança negada e continuavam na prisão. Quem sabe o Niner estava dormindo e não me ouviu estacionar?

Respirei fundo, segurei meu spray de pimenta dentro da bolsa e estendi a mão para a maçaneta da porta que levava para dentro de casa. Eu precisava parar de viver com medo. Tinha que enfrentá-lo. Lentamente, abri a porta e não ouvi nada, mas o que eu vi me fez perder o fôlego.

Havia uma trilha de velas de vários tamanhos, que começava do lado de dentro da sala, assim que se abria a porta.

— Amor? — chamei. — Niner? — Nada. Segui a trilha de luz cintilante nos cantos da escada, indo para o nosso quarto. — Meu amor? — chamei novamente.

Brandon e Niner estavam de joelhos, bom, Brandon em um joelho e Niner sentado.

— Oi — Brandon disse com seu sorriso de parar o coração.

— Oi — respondi, confusa. Fiquei ali, olhando para ele, não sendo capaz de me mover da porta do quarto para dentro. Minha bolsa escorregou do ombro, para o braço e caiu no chão.

— Lembro-me da noite em que te vi pela primeira vez. Não conseguia tirar os olhos de você. Fiquei te olhando do meu escritório, havia algo em você que me atraiu completamente e, a partir daquele momento, eu soube que te queria na minha vida. Você sorriu para mim e eu apenas soube. Eu desejei você. Sei que não trocamos uma só palavra durante várias semanas e você sabe as razões por trás disso, mas, ainda assim, fiz tudo o que podia apenas para estar com você.

— Então, houve Vegas e eu nunca em toda a minha vida fiquei tão ligado a alguém dançando da maneira que fiquei quando te vi na pista de dança. Você me hipnotizou e agora você é toda a minha vida, todo o meu mundo, e eu nunca mais quero ficar sem você. Sei que o meu passado a pôs em perigo, e, eu juro por Deus, vou fazer tudo o que estiver ao meu alcance para não deixar nada acontecer com você.

— Ninguém nunca me afetou da maneira como você afeta. Eu achava que sabia o que era amor, mas não fazia ideia do que era até te conhecer. Acho que eu te amei no nosso primeiro encontro, mas, a cada dia que passa, meu amor por você fica ainda mais forte. Minha vida desmoronaria sem você — nem sei como sobrevivi antes de você. Você é tudo o que eu sempre desejei, tudo o que eu sempre precisei. Quero te amar pra sempre, quero ficar com você para sempre, quero que você me queira para sempre, porque você é *tudo o que eu desejo*. Eu te amo com todo o meu coração e quero envelhecer com você. Então, o que estou tentando dizer é: Spencer Marshall, você quer se casar comigo?

Brandon enfiou a mão no bolso da camisa e tirou uma caixa de veludo preto. Ele levantou a tampa e um anel de diamante com corte princesa brilhava à luz cintilante das velas. Enxuguei as lágrimas que caíram pelas minhas bochechas. Olhei para o anel e de volta para os olhos vidrados de Brandon.

— Sim.

— Sim?

— É claro que sim — respondi quando Brandon se levantou. Niner latiu concordando quando Brandon agarrou meu rosto com as duas mãos, a caixa de veludo pressionada na minha bochecha, e me beijou até eu não conseguir mais respirar. Ele deslizou o anel na minha mão esquerda.

— Vamos, Niner, preciso falar com a sua mãe sozinho — Brandon disse ao cão, capturando-o pela coleira e o levando para fora do quarto, fechando a porta atrás dele. Ergui uma sobrancelha para ele. — Você acabou de me fazer o homem mais feliz do mundo e eu ainda não me sinto confortável em devorar seu corpo na frente dele.

— Hum! — eu disse, rindo um pouco, então admirei a pedra no meu dedo. Brandon estendeu a mão, agarrou a minha mão esquerda na dele e admirou o anel também. Então a soltou e, lentamente, começou a puxar minha blusa de seda rosa com renda preta nos ombros pelo meu torso. Levantei os braços, permitindo que ele a removesse completamente.

— Você vai ser minha esposa — ele disse, olhando nos meus olhos.

— E você vai ser meu marido — eu disse, dando um passo mais perto e começando a desabotoar a camisa dele.

Ele se inclinou e reivindicou minha boca mais uma vez, nossas línguas girando ao redor uma da outra, aumentando o calor do meu corpo.

Brandon teve pouco trabalho com o botão da minha calça e a deslizou lentamente para baixo pelas minhas pernas. Tirei as sandálias, chutando-as para o lado, e depois saí da calça, enquanto ele tirava a camisa que eu tinha desabotoado completamente.

Enquanto eu tirava o sutiã, Brandon desabotoava o jeans dele. Fiquei observando-o deslizar a boxer para baixo, num movimento rápido. Minha calcinha já estava úmida de necessidade. Necessidade do meu noivo dentro de mim. *Meu noivo.* Ainda não conseguia acreditar que ele me pediu em casamento e eu disse "sim".

Brandon saiu da calça, dando um passo para mais perto de mim. Nossos corpos se nivelaram. Ele inclinou meu queixo para cima.

— Eu te amo, Spencer.

— Também te amo — eu disse, envolvendo os braços no pescoço dele, beijando-o mais uma vez. Sua ereção pressionava na minha barriga e apenas a minha calcinha separava nossas peles.

Enganchando os polegares na minha calcinha, ele a puxou para baixo. Ao sair dela, andei para trás em direção à cama king size, observando-o jogar a calcinha na pilha de roupas no chão. O amor da minha vida me pediu para casar com ele e eu disse "sim". O amor da minha vida era o homem mais gostoso que eu conhecia e eu me sentia a mulher viva mais sortuda do mundo e não conseguia acreditar que aquilo estava acontecendo.

Deslizei para o meio da cama e Brandon engatinhou por cima de mim, deslizando a língua da minha barriga até a lateral do meu pescoço, e depois pelo meu lábio inferior. Abri as pernas, permitindo-lhe deslizar entre elas. Sua mão correu da minha perna até o meu centro, friccionando meu púbis com a palma da mão e, em seguida, encontrando o meu clitóris, fazendo com que eu arqueasse as costas em resposta.

Beijei-o avidamente enquanto seu polegar desenhava círculos sobre o meu clitóris. Cada toque dele no meu corpo era exatamente o que eu precisava. Fomos feitos um para o outro e ele era tudo o que eu sempre desejei.

Brandon inverteu sua trilha com a língua, fazendo o caminho do meu pescoço, barriga, e, então, parando no meu centro. A língua dele dava leves pancadas no meu clitóris, enquanto minhas mãos percorriam seus cabelos castanhos, e eu gemia de prazer.

— Vou saborear isso pelo resto da minha vida — Brandon disse, olhando para mim com paixão nos olhos.

— E eu vou aproveitar quando você fizer isso pelo resto da minha vida — disse com um leve sorriso.

Ele voltou para o meu clitóris, me aproximando de meu pico de prazer. A língua continuou a circular o meu clitóris e, em seguida, deslizava para cima e para baixo na minha boceta, lambendo todos os meus sucos. Finalmente, meu corpo ficou aniquilado ao redor de sua língua, minhas mãos cerradas no edredom da cama enquanto eu gemia seu nome.

Brandon se levantou do meio das minhas pernas e me beijou, meus sucos ainda em sua boca. Ele começou a guiar seu pênis entre as minhas pernas.

— Espere, a camisinha — eu disse.

— Você ainda está tomando a pílula?

— Estou.

— Ótimo. Estou morrendo de vontade de entrar em você sem nada. E já que você vai ser minha esposa, não vejo por que precisarmos mais delas.

— Tá bom — eu disse sem fôlego. Eu também estava morrendo de vontade de tê-lo dentro de mim sem nada e, finalmente, ele confiava em mim.

Ele lentamente se guiou entre minhas dobras escorregadias. Eu não podia dizer a diferença, mas sabia que ele podia e isso era tudo o que importava. Eu não queria mais nada, além do prazer dele, e agora eu ia fazer isso pelo resto da minha vida.

— Porra, isso é muito bom — ele gemeu.

Assim que ele me preencheu completamente, começou a mover os quadris para dentro e para fora. Ele pegou um dos meus seios na boca, sugando o mamilo ereto e, em seguida, o mordeu levemente. Ele nunca tinha me mordido antes, mas foi tão bom — muito mais que bom. Estiquei os braços para minhas mãos apertarem sua bunda, conforme ele continuava a bombear dentro de mim.

— Desculpe, amor, mas isso é tão bom que não vou conseguir segurar por muito tempo — ele disse, olhando nos meus olhos.

— Não faz mal, você já me satisfez.

Brandon continuou a bombear, aumentando o ritmo e, finalmente, gemeu em sua libertação. Nossos corpos estavam escorregadios com a luxúria. Ele permaneceu dentro de mim, inclinando-se e me beijando com ternura. Nós nos beijamos pelo que pareceu uma eternidade. Não conseguia acreditar como a minha noite tinha se transformado. E eu achando que ia recuperar o atraso vendo TV.

Brandon lentamente se retirou de mim. Ele me entregou um lenço de papel da mesa de cabeceira para me limpar um pouco, mas eu precisava de mais do que isso.

— Toma banho comigo?

— Fechado, e depois vamos comer porque essa emoção abriu até o apetite.

Comecei a levantar para ir para o banheiro quando Niner latiu do lado de fora da porta, nos lembrando que ele estava lá. Quando alcancei a maçaneta da porta, a campainha tocou.

— Quem pode ser? — perguntei a Brandon.

— Sei lá — ele respondeu, puxando a calça jeans. — Vou dar uma olhada e volto para te acompanhar no banho.

Com um último beijo, ele desceu as escadas e eu fui para o banho.

Continua em Desejando Spencer — B&S 2.5

Nota da Autora

Caros leitores,

Espero que tenham gostado de *Tudo o que eu desejo*. Para manter-se atualizados sobre meus livros, por favor, assinem a minha newsletter. Vocês podem encontrar os links no meu site www.authorkimberlyknight.com. Podem me seguir também pelo Facebook: www.facebook.com/AuthorKKnight

Obrigada mais uma vez. Vocês podem realmente me ajudar bastante deixando um comentário sobre este livro na Amazon, Barnes and Noble, e Goodreads ou quaisquer outros livros meus que vocês já leram. Seu amor e apoio significam tudo para mim, e eu estimo todos vocês!

Kimberly

Agradecimentos

Em primeiro lugar, gostaria de agradecer ao meu marido por toda a sua paciência nestes últimos meses. Tem sido difícil tentar escrever e conciliar a vida ao mesmo tempo, mas você me deixa viver o meu sonho e é mais do que eu poderia pedir.

Também agradeço a Audrey Harte, por todas as horas que passamos debatendo ideias e editando capítulo por capítulo. Eu realmente, de verdade, não poderia ter feito isso sem você e sou grata por você fazer parte da minha vida. Consegue imaginar quantos livros poderíamos escrever se morássemos na mesma cidade?

Aos meus leitores beta, HB Heinzer, Rebecca Shea e Katie Dylan: meu muito obrigada pelos feedbacks honestos. Sei que é difícil ser honesta, às vezes, mas vocês sabem que eu preciso disso!

Para todos os blogueiros, especialmente a Kim Persons, obrigada por todo intermédio e trabalho duro com a promoção do meu livro e de mim, como o lançamento da capa. Eu realmente amo todos vocês!

Obrigada a Tanya Keetch e Audrey Harte por todas as horas gastas editando esta joia. Eu realmente lhes devo muito, muito mesmo!

À Liz, de E. Marie Photography, novamente muito obrigada por todo o tempo gasto procurando os modelos perfeitos. Quando abriremos nossas portas de "Encontros Românticos" oficialmente?

Dave, Doutor Santa Lucia, obrigada novamente. Ainda estou pensando em mudar o sobrenome de Brandon para Santa Lucia, avise-me quando você mudar o seu nome!

Rachael... Ainda estou com inveja de você. Espero realmente ser convidada para a sua festa de despedida de solteira!

Entre em nosso site e viaje no nosso mundo literário.
Lá você vai encontrar todos os nossos
títulos, autores, lançamentos e novidades.
Acesse www.editoracharme.com.br

Além do site, você pode nos encontrar em nossas redes sociais.

https://www.facebook.com/editoracharme

https://twitter.com/editoracharme

http://www.pinterest.com/editoracharme

http://instagram.com/editoracharme